DU MÊME AUTEUR

LE MANTEAU D'ARLEQUIN
*Théâtre français
et du monde entier*

Roger Vitrac

Victor

ou
Les enfants
au pouvoir

nrf

Gallimard

PERSONNAGES

VICTOR, *neuf ans.*
CHARLES PAUMELLE, *son père.*
ÉMILIE PAUMELLE, *sa mère.*
LILI, *leur bonne.*
ESTHER, *six ans.*
ANTOINE MAGNEAU, *son père.*
THÉRÈSE MAGNEAU, *sa mère.*
MARIA, *leur bonne.*
LE GÉNÉRAL ÉTIENNE LONSÉGUR.
MADAME IDA MORTEMART.
LA GRANDE DAME, *personnage muet.*
LE DOCTEUR.

La scène se passe à Paris, le 12 septembre 1909, dans l'appartement des Paumelle, continûment de 8 heures du soir à minuit.

Victor ou les Enfants au Pouvoir a été joué pour la première fois le lundi 24 décembre 1928 à Paris, sur la scène de la Comédie des Champs-Élysées, par le Théâtre Alfred Jarry

La mise en scène était de M. Antonin Artaud.

ACTE I

La salle à manger.

SCÈNE I

LILI, *dressant la table;* VICTOR, *la suivant.*

VICTOR. — ...Et le fruit de votre entaille est béni.

LILI. — D'abord, c'est le fruit de vos entrailles, qu'il faut dire.

VICTOR. — Peut-être, mais c'est moins imagé.

LILI. — Assez, Victor! J'ai assez de ces conversations. Tu me fais dire des bêtises.

VICTOR. — Parce que tu es une vieille bête.

LILI. — Ta mère...

VICTOR. — ... est bien bonne.

LILI. — Si ta mère t'entendait...

VICTOR. — Je dis qu'elle est bien bonne. Ah! ah! elle est bien bonne! bien, bien, bien bonne.

LILI. — Ai-je dit une plaisanterie?

VICTOR. — Eh bien, ne puis-je pas aimer ma mère?

LILI. — Victor!

VICTOR. — Lili!

LILI. — Victor, tu as neuf ans aujourd'hui. Tu n'es presque plus un enfant.

VICTOR. — Alors l'année prochaine, je serai un homme? Hein, mon petit bonhomme?

LILI. — Tu dois être raisonnable.

VICTOR. — ... Et je pourrai raisonnablement te traiter de grue.

Elle le gifle.

VICTOR, *continuant.* — ... à moins que tu ne con-
sentes...

    Elle le gifle de nouveau.

VICTOR, *même jeu.* — ... à faire pour moi ce que tu
fais pour d'autres.

    Elle le gifle encore.

LILI. — Morveux!

VICTOR. — Ose dire que tu n'as pas couché avec
mon père!

LILI. — Va-t'en, ou je t'étrangle!

VICTOR. — Hein? ma petite bonne femme? hein?
le petit bonhomme?

LILI. — Cet âge est sans pitié!

VICTOR. — Tu as trois fois cet âge, Lili...

LILI. — Tais-toi, tais-toi, je t'en supplie!

VICTOR, *prenant un verre sur la table.* — Tu vois ce
verre, Lili?

LILI. — Oui, eh bien?

VICTOR. — C'est un verre en cristal de Baccarat.
On le saura. Ma mère le répète à chaque réception.
Il est unique, parce qu'il appartient à un service
unique. C'est dire qu'il vaut très cher. J'aurais dû
commencer par là. Écoute bien. J'ai neuf ans. Jusqu'ici j'ai été un enfant modèle. Je n'ai rien fait de
ce qu'on m'a défendu. Mon père le rabâche : c'est
un enfant modèle, qui nous donne toutes les satisfactions, qui mérite toutes les récompenses, et pour qui
nous sommes heureux de faire tous les sacrifices. Ma
mère ajoute qu'elle se saigne aux quatre veines, mais
le sang reste dans la famille, et comme bon sang ne
saurait mentir, je te le dis, j'ai été jusqu'à ce jour irré-
prochable. Si j'ai jamais mis ma main en visière pour
pisser...

LILI. — Oh!

VICTOR. — ... comme on me l'a recommandé, par

contre je n'ai jamais introduit mon doigt dans le derrière des petites filles...

Lili. — Tais-toi, monstre!

Victor. — ... comme l'a fait Lucien Paradis. S'il l'ose, quand il aura neuf ans, il le confessera. Mais je tiens à te dire aujourd'hui 12 septembre, qui est la Saint-Léonce, que je n'attendrai pas un an de plus pour devenir un homme, ce qui ne signifie rien, et que simplement je suis décidé à être quelque chose.

Lili. — Écoutez-le.

Victor. — Oui, quelque chose! Quelque chose de neuf, nom de Dieu!

Lili. — Si on l'entendait!

Victor. — Le verre de Baccarat est toujours dans ma fragile main. Qui des deux est le plus fragile?

Lili. — Victor! tu ne vas pas casser ce verre.

Victor. — Si ce verre tombe et se brise, la famille Paumelle, dont je suis le dernier descendant, perdra trois mille francs.

Lili. — Il va le casser.

Victor. — Rassure-toi, je ne le casserai pas.

Il remet le verre à sa place

Victor. — Non, je ne casserai pas le verre. Je casserai plutôt ce grand pot.

Il pousse un grand vase de Sèvres, qui se trouve sur une console. Le vase tombe et se brise.

Victor. — Bon, en voilà pour dix mille francs à valoir sur mon héritage.

Lili. — Mais il est fou. Tu es fou, Victor! Un si beau vase!

Victor. — Un si bel œuf. Et je n'ai pas vu le cheval. As-tu vu le cheval, toi?

Imitant la voix d'un père qui imite une voix d'enfant.

Victor. — Qu'est-ce que c'est ça, papa?

Imitant la réponse du père.

VICTOR. — C'est un œuf de cheval, un gros coco de dada.

LILI. — Il ne respecte rien! Croyez-vous qu'il a des remords? Pas le moindre. Et quand je pense que tu l'as fait exprès!

VICTOR. — Moi? qu'ai-je fait encore?

LILI. — Ne fais pas l'imbécile. *(L'imitant.)* Moi, qu'ai-je fait encore?

VICTOR. — Eh bien, toi, ma petite Lili, tu viens de casser un grand vase de Sèvres.

LILI. — Comment! tu oses m'accuser de ce que tu viens de faire toi-même, volontairement, et sous mes yeux?

VICTOR. — Oui.

LILI. — Mais je dirai que c'est toi.

VICTOR. — On ne te croira pas.

LILI. — On ne me croira pas?

VICTOR. — Non.

LILI. — Et pourquoi?

VICTOR. — Tu verras...

LILI. — Je voudrais bien que tu me dises pourquoi?

VICTOR. — Tu verras...

LILI. — Mais, c'est affreux! C'est abominable! Je ne t'ai rien fait, moi, mon petit Victor! N'ai-je pas toujours été gentille, ne t'ai-je pas évité...

VICTOR. — Tu ne m'as rien évité, jamais.

LILI. — Dieu du Ciel! qu'est-ce qu'il a? Qu'as-tu?

VICTOR. — J'ai neuf ans. J'ai un père, une mère, une bonne. J'ai un navire à essence qui part et revient à son point de départ, après avoir tiré deux coups de canon. J'ai une brosse à dents individuelle à manche rouge. Celle de mon père a le manche bleu. Celle de ma mère a le manche blanc. J'ai un casque de pompier, avec ses accessoires, qui sont la médaille de sauvetage, le ceinturon verni et la hache d'abordage. J'ai faim. J'ai le nez régulier. J'ai les yeux sans défense, et les mains sans emploi, parce que je suis trop petit. J'ai un livret de caisse d'épargne, où l'oncle Octave m'a fait inscrire cinq francs le jour de mon baptême, avec le prix du livret et du timbre ça lui a coûté sept francs. J'ai eu la rougeole à quatre ans et sans le thermomètre du docteur Ribiore, j'y passais. Je n'ai plus aucune infirmité. J'ai la vue bonne et le jugement sûr, et je dois à ces dispositions de t'avoir vu commettre, sans motifs, un acte regrettable. La famille appréciera.

LILI, *pleurnichant.* — Tu n'as pas le droit de faire ça. Ce n'est pas bien. Si tu as un cœur, tu t'accuseras toi-même. C'est ainsi qu'agissent les petits garçons loyaux et francs.

VICTOR. — Je ne suis pas un petit garçon et je ne m'accuserai pas parce que c'est toi qui as cassé le vieux pot.

LILI. — Eh bien on va voir.

VICTOR. — Tu me menaces? Écoute, Lili, je vais casser l'autre.

LILI, *en larmes.* — Quel malheur! Un petit garçon si doux, si sage; qu'a-t-il vu? qui peut-il fréquenter?

VICTOR. — Tu ne comprendrais pas. Tu ne comprendrais pas parce que tu es stupide, maladroite et vicieuse. Je n'invente rien. Dès que ma mère constatera les dégâts, elle t'en convaincra sans difficulté, et je suis sûr que tu seras encore assez lâche pour lui faire des excuses, comme si la moindre insulte ne valait pas mille fois plus que le gros coco du dada.

LILI. — Il me demande d'insulter sa mère!

VICTOR. — Mais, tu n'es pas sa fille, toi!

La bonne fond en larmes.

LILI. — Je ne comprends plus. Je ne comprends rien.

VICTOR. — Tu vas comprendre. Quoique je n'aie pas cassé l'œuf en question...

LILI. — Oh!

VICTOR. — ... je pourrais m'en accuser. Je le ferais volontiers, mais on ne me croirait pas.

LILI. — Quoi?

VICTOR. — On ne me croirait pas, parce que je n'ai jamais rien cassé de ma vie. Pas un piano, pas un biberon. Tandis que toi, tu as déjà à ton actif la pendule, la théière, la bouteille d'eau de noix, etc. Si je m'accuse, voilà mon père : Le cher enfant, il veut sauver Lili. Et ma mère : Victor, ce que tu fais là est très bien; vous, Lili, je vous chasse. Parce qu'il y aura du monde, on ne t'insultera pas davantage. Que veux-tu, tu as cassé le vase, je n'y peux rien. Rien du tout. Car, puisque je ne puis pas être coupable, je ne peux pas l'avoir cassé.

LILI. — Pourtant, il est cassé.

VICTOR. — Oui, tu as eu tort. *(Un temps.)* Sans doute, je pourrais dire que c'est le cheval...

LILI. — Le cheval?

VICTOR. — Oui, le fameux dada qui devait naître du gros coco. Si j'avais trois ans, je le dirais, mais j'en ai neuf, et je suis terriblement intelligent.

LILI. — Ah! si j'avais cassé le verre seulement...

VICTOR. — Je suis terriblement intelligent. *(S'approchant de Lili et imitant la voix de son père.)* Ne pleurez pas, Lili, ne pleurez pas, chère petite fille.

LILI. — Victor! qu'est-ce qui te prend?

VICTOR, *même jeu.* — Je vous en supplie ne pleurez pas. Madame veut vous congédier, mais madame n'est rien ici. C'est moi qui suis le maître. D'ailleurs madame m'adore, moins pourtant que je ne vous aime. Je plaiderai pour vous, et j'obtiendrai gain de cause. Je vous le jure. Chère Lili. *(Il l'embrasse.)* Je vous sauverai. Comptez sur moi, et au petit jour, je vous apporterai moi-même la bonne nouvelle dans votre chambre. Cher agneau de flamme! Tour du soir! Rose de David! Bergère de l'étoile! *(Il se lève d'un bond et se met à crier de toutes ses forces, les bras levés.)*

Priez pour nous, priez pour nous, priez pour nous!
(Puis il part d'un grand éclat de rire.)

Lili, *se parlant à elle-même, rageusement.* — Non, non,
non. Je partirai, je partirai. Je veux partir tout de
suite. Victor est devenu fou. Ce n'est plus un enfant.

Victor. — Il n'y a plus d'enfants. Il n'y a jamais
eu d'enfants.

Lili, *même jeu.* — Sale maison! je partirai. Maintenant c'est moi qui veux partir. Je veux partir, et je
partirai. Et il n'a que neuf ans. Il promet le Totor!

Victor. — Je tiens toujours ce que je promets, et
tu ne seras pas inquiétée. Reste.

Lili. — Non.

Victor, *reprenant le jeu précédent.* — Tu resteras.
Vous resterez, ma chère Lili. Image du Ciel. Casque
du chat. Tige des Lunes, vous resterez...

Lili. — Eh bien, je resterai! Tu veux me faire
chanter, sale gosse! voyou! Je resterai, soit, mais tu
me le paieras!

Victor, *l'embrassant gentiment.* — Va, je ne t'en
veux pas, Lili, et tu ne seras pas inquiétée, je te le
jure... Parce que je suis terriblement intelligent. Dommage que tu aies payé la première.

Lili sort en pleurant.

SCÈNE II

Victor, *seul.*

*Victor s'assied, se prend la tête dans les mains
et reste silencieux pendant quelques instants.*

Victor. — Terriblement... intelligent. *(Un temps.)*
J'ai vu cette nuit mon oncle, le député, le montreur
d'ours, sous le thuya du jardin. Il était tout blanc,
avec un fusil blanc comme du marbre. Il a réussi.
Je m'approchais de lui, à distance pourtant de sa

main. Quelle manie de me toucher le front et de dire :
il me ressemble. Ah! celui-là, c'est bien un Paumelle.
Je voyais soudain dans le nuage le dessin exact d'un
éclair... Nous fûmes surpris, l'autre année, un qua-
torze juillet, par l'orage. Des chevaux se cabraient
devant les drapeaux de la gendarmerie. Tout le
monde était gai. Mon père, qui tenait les rênes, avait
des gants noirs. Comme autrefois, l'éclair était rose.
Je remarquai sa forme instantanée. Il figurait le con-
tour des côtes de la Manche. Je le suivais du doigt
sous la pluie. Le député excitait ses ours, et m'assurait
de son affection : Victor, tu es terriblement[1]...

Entre Esther.

SCÈNE III

VICTOR, ESTHER.

ESTHER. — Bonjour, Victor. Je te souhaite un heureux anniversaire.

Elle l'embrasse.

VICTOR. — Ah! c'est toi, Esther, bonjour. *(Un
temps.)* Merci.

ESTHER. — De rien.

VICTOR. — De rien? Alors, pourquoi le dis-tu?

ESTHER. — On dit de rien, par politesse.

VICTOR. — Chez moi on dit : il n'y a pas de quoi.

ESTHER. — C'est plus long.

VICTOR. — Écoute, Esther, ne t'occupe pas de moi.
Laisse-moi tranquille. Soigne tes poupées. Lèche tes
chats, aime ton prochain comme toi-même et sois
une enfant docile, en attendant d'être une bonne
épouse et une bonne mère.

---

1. Ce passage a été supprimé à la représentation *(N.D.L.A.)*

ESTHER. — Tu ne m'aimes plus, méchant!

VICTOR. — Tu ne comprends pas. Tu ne comprendrais pas. Tu es comme Lili. Tiens, Lili, qui a cassé la potiche tout à l'heure, et qu'on va probablement renvoyer, parce qu'elle a l'intention de m'accuser.

ESTHER. — Et ce n'est pas toi?

VICTOR. — Évidemment. Si j'étais coupable, je n'irais pas m'en vanter.

ESTHER. — Bien sûr! *(Un temps.)* Pauvre Lili!

VICTOR. — N'en parlons plus. Dis donc, Esther, j'ai une belle histoire à te raconter.

ESTHER. — Veine! Dis vite.

VICTOR. — Tu connais Pierre Dussène? Oui, tu le connais, celui qui se promène avec un grand fouet et qui collectionne les serpents. Eh bien, je suis sorti avec lui hier soir.

ESTHER. — Hier soir? sans Lili?

VICTOR. — Non, Lili est venue; mais nous l'avons chassée à coups de pierre. Elle ne s'en vantera pas. Je la tiens. Elle nous attendait chez sa sœur pendant que nous allions à la comédie, sous la halle.

LILI. — Quelle chance, tu as, Victor!

VICTOR. — La paix!... C'était merveilleux.

A mesure qu'il raconte il imite les comédiens.

Devant un rideau rouge et beaucoup de papillons, un homme, le visage couvert de plumes se roulait aux pieds d'une femme à cheval qui tenait une grande croix.

ESTHER. — Vraiment?

VICTOR. — Et il chantait :

> Que vous m'aimiez
> Que vous ne m'aimiez pas
> Ça m'est bien égal Mam'zelle
> Que vous m'aimiez
> Que vous ne m'aimiez pas
> Laissez-moi planter mes pois

ESTHER. — C'est divin.

VICTOR. — Oui, madame Magneau fille, c'est divin. Mais ce n'est encore rien. Après la représentation, Pierre et moi, nous sommes allés derrière la baraque, et nous avons soulevé la toile.

ESTHER. — Ah! Et qu'avez-vous vu?

VICTOR. — L'homme barbouillé de plumes était allongé sur le dos, et il tétait à même le pis d'une chèvre.

ESTHER. — Et la femme?

VICTOR. — La femme mangeait un morceau de pain.

Un long silence.

ESTHER. — Écoute, Victor, j'ai aussi une histoire à te raconter.

VICTOR. — Enfin!

ESTHER. — Pourquoi, enfin?

VICTOR. — Rien.

ESTHER. — C'est un peu comme la tienne.

VICTOR. — Tu me mets l'eau à la bouche.

ESTHER. — Il s'agit de ton papa.

VICTOR. — Ah!

ESTHER. — Oui, et de ma maman.

VICTOR. — Eh, eh! voyez-vous ça. Madame Magneau. Sacrée Thérèse!

ESTHER. — Je me tais, si tu ris.

VICTOR. — Je ne ris pas, je ricane.

ESTHER. — Ah! tu approuves, alors?

VICTOR. — J'approuve, tu ne crois pas si bien dire. Sais-tu ce que tu viens d'insinuer?

ESTHER. — Non, c'est un mot.

VICTOR. — Elle est charmante.

ESTHER. — Merci. *(Elle l'embrasse.)* J'étais assise au salon sur les genoux de maman, et je tenais une de ses boucles d'oreilles. On vient de me les percer. Allume donc une torchère. Non. Elle ne voulait pas. On sonne. Ma maman se lève tout d'un coup et je roule à terre. Pif paf, des deux mains à la fois. « Tu ne peux pas faire attention, idiote. » C'était moi, l'idiote.

VICTOR. — Avec les bagues?

ESTHER. — Évidemment. Une joue éraflée, mais j'avais la boucle d'oreille dans la main, cassée. Et qui était-ce?

VICTOR. — Mon papa.

ESTHER. — Tout juste.

VICTOR. — « Va te coucher. »

ESTHER. — « Je n'ai pas sommeil. » Évidemment, quand il vient quelqu'un : Au lit!

VICTOR. — Il vient beaucoup de monde?

ESTHER. — Non. Monsieur Paumelle.

VICTOR. — Mon papa. Il est beau, hein?

ESTHER. — Beau? Oh! il est tout rasé.

VICTOR. — Tu veux dire tout nu?

ESTHER. — Non, bien sûr. Les mains et la figure seulement.

VICTOR. — Ah, bébé! Continue.

ESTHER. — Alors, voilà. Je reste, on me jette un livre : « Bonjour Charles, bonjour, Thérèse. Où est le cher Antoine? » Papa dormait. Ils se sont assis sur le canapé, et voilà ce que j'ai entendu. Maman disait : « Friselis, friselis, friselis. » Ton papa : « Réso, réso, réso. » La mienne : « Carlo, je m'idole en tout » ou quelque chose comme ça. Le tien : « Treize ô baigneur muet. » La mienne : « Mais si Antoine, là d'un coup. » Le tien : « Ton cou me sauverait. » La mienne : « Horizon ravi. » Le tien : « Laisse-là cette pieuvre rose. » Je suis sûre de la pieuvre, le reste n'est que de l'à peu près.

VICTOR. — C'est tout?

ESTHER. — La mienne a pleuré, et le tien est parti en claquant la porte.

VICTOR. — Alors?

ESTHER. — Alors papa est arrivé en chemise. Il a fait le tour du salon en disant : « Je ne me sens pas bien. » Il répète toujours qu'il ne se sent pas bien. « Moi non plus », a dit maman. Il s'est agenouillé à ses pieds. Maman tremblait. Et il a crié, comme il le fait depuis quelques jours : « Les petits veaux valent mieux que vos petits! Bazaine! » Et, comme le docteur a recommandé à maman de ne pas le contrarier, tout le monde est allé se coucher.

VICTOR, *se levant, et comme en proie à un délire soudain.* — Ah! quelle destinée. Moi, tour à tour, à l'essai du marteau, du rabot, de la plume, des soupapes, de la vapeur, de l'amour. Maintenant de l'amour. Et là-dessus, la botte pesante de mon père, et le grand vertige des femmes dans leur appartement. *(Déclamant.)*

> Je l'ai laissé passer dans son appartement.
> Je l'ai laissé passer dans son appartement.

(Annonçant). Les voilà : L'Enfant Terrible, le Père Indigne, la Bonne Mère, la Femme Adultère, le Cocu, le vieux Bazaine. Vive l'hirondelle! l'outarde, le paradisier, le cacatoès et le martin-pêcheur. Vive la raie bouclée et la torpille. *(Changeant de ton, à Esther qui suit la scène, la bouche et les yeux grands ouverts.)* Vive Antoine!

ESTHER. — Vive papa!

> *Elle fond en larmes.*

VICTOR. — Ah! je respire.

ESTHER, *criant.* — Tu me fais peur.

> *Elle se remet à pleurer. Entrent Charles, Émilie Paumelle et Thérèse Magneau.*

SCÈNE IV

VICTOR, ESTHER, CHARLES PAUMELLE, ÉMILIE PAUMELLE, THÉRÈSE MAGNEAU.

ÉMILIE PAUMELLE, *en entrant.* — Charles!

CHARLES. — Présent!

ÉMILIE, *désignant les débris du vase.* — Le sèvres.

CHARLES PAUMELLE et THÉRÈSE MAGNEAU, *ensemble.* — Oh!

CHARLES. — Victor! qui l'a cassé?

ÉMILIE. — Tu le demandes? C'est trop fort. Où est Lili?

CHARLES. — Est-ce Lili?

VICTOR. — Non, c'est Esther!

THÉRÈSE. — Est-ce toi, Esther?

VICTOR. — Vous voyez bien qu'elle pleure...

Entre Lili pour le service.

SCÈNE V

LES MÊMES, LILI.

VICTOR, *à Lili.* — On prétend que tu as cassé le vase. Dis la vérité. L'as-tu cassé?

LILI. — Non.

VICTOR. — C'est Esther. J'ai eu le malheur de lui dire que c'était un œuf de cheval, et comme j'avais le dos tourné, elle l'a brisé pour voir naître le poulain.

ÉMILIE, *à Charles.* — Voilà, imbécile, avec tes histoires!

CHARLES. — Mais Victor ne l'a jamais cassé, lui...

ÉMILIE. — Victor, évidemment, Victor. Crois-tu qu'il ait jamais coupé dans tes inepties.

Lili sort.

SCÈNE VI

LES MÊMES, *moins* LILI.

THÉRÈSE. — Esther viens ici. *(Esther ne bouge pas.)* Tu as entendu, Esther? Je t'ai dit de venir ici. Veux-tu que je vienne, moi? Tiens!

Elle la gifle des deux mains.

Victor. — Pardon, madame Magneau. Avez-vous retiré vos bagues?

Charles. — Victor! de quoi te mêles-tu?

Émilie, *à Thérèse*. — Le cher petit craint que vous ne blessiez Esther avec vos diamants.

Thérèse, *confuse*. — Il a raison, mais cette gamine est insupportable et mérite une punition; car ma chère amie, ce vase était une pièce très rare, et qui valait fort cher, n'est-ce pas?

Charles. — Mon Dieu, Thérèse, je suis le grand coupable dans cette affaire, laissez-m'en supporter le dommage.

Victor. — D'autant plus que ces objets, malgré leur masse, sont plus fragiles que vos bagues et que vos boucles d'oreilles, n'est-il pas vrai?

Thérèse, *rougissant*. — Je n'ai jamais corrigé ma fille avec des boucles d'oreilles que je sache.

Émilie. — Où va-t-il chercher tout ce qu'il trouve? Moi j'approuve fort cette réponse. Ne vous fâchez pas, Thérèse. Je suis d'avis qu'il faut encourager l'esprit d'à propos des enfants.

Victor. — Esther est bien assez punie, croyez-le, madame, et je demande, puisque c'est mon droit d'anniversaire, que vous lui fassiez grâce.

Charles. — Bravo, Victor. Thérèse, embrassez votre fille et n'en parlons plus.

Émilie. — Viens, mon fils, viens, Victor. Tiens, voilà dix francs.

Thérèse, *bas à Esther*. — Enfin, Esther, me diras-tu pourquoi tu as fait cela?

Esther, *qui ne pleure plus*. — Parce que Victor a neuf ans aujourd'hui.

Thérèse. — Eh bien, tiens!

Elle la gifle.

Tous. — Oh!

Thérèse. — Pardon, mon petit Victor. C'est la dernière de la soirée, mais cela a été plus fort que moi.

Esther ne bronche pas. Victor va la rejoindre dans son coin, où ils discutent à voix basse.

CHARLES. — Parlons d'autre chose, et n'attristons pas notre petite fête par des criailleries et par des pleurs. Au fait, Antoine n'est pas encore là, ni le général?

THÉRÈSE. — Oh! Antoine, s'il n'avait insisté pour venir, je l'aurais volontiers laissé à la maison.

ÉMILIE. — Que dites-vous, Thérèse? Vous auriez abandonné Antoine? Mais ma chère, j'en aurais été désolée, et Victor qui l'adore vous en aurait certainement voulu.

THÉRÈSE. — Ah! il n'est pas drôle, vous savez!

ÉMILIE. — Quoi?

CHARLES. — Oui, ma chère Émilie, Antoine n'est pas bien. Il est...

THÉRÈSE. — Il est fou.

ÉMILIE. — Fou?

THÉRÈSE. — Hélas!

ÉMILIE. — Mais, c'est horrible!

CHARLES. — Ne fais pas l'étonnée, voyons Émilie. Tu sais parfaitement qu'Antoine était sujet à de certaines crises. Rares autrefois, elles deviennent de plus en plus fréquentes. Thérèse s'en inquiétait tous les jours davantage. Elle s'en alarme aujourd'hui.

THÉRÈSE. — Oui.

ÉMILIE. — Allons, allons, Thérèse, ne vous désespérez pas trop vite, on ne perd pas la tête comme cela, de but en blanc.

VICTOR, *qui tendait l'oreille.* — Si, de but en blanc.

Tous se tournent vers lui.

VICTOR. — De but en blanc. Un beau jour, il lève des armées comme un rameau de feuilles. Il vise à l'œil. Les plus belles femmes du monde sont emprisonnées dans leurs dentelles sanglantes, et les rivières se dressent comme des serpents charmés. L'homme, entouré d'un état-major de fauves, charge à la tête d'une ville dont les maisons marchent derrière lui, serrées comme des caissons d'artillerie. Les fleurs changent de panache. Les troupeaux se défrisent. Les forêts s'écartent. Dix millions de mains s'accouplent ,aux oiseaux. Chaque trajectoire est un archet. Chaque meuble une musique. De but en blanc. Mais il commande!

> *Tous regardent Victor avec égarement.*

CHARLES. — Victor! qu'est-ce qu'il a? Qu'est-ce que tu as?

VICTOR. — J'ai la berlue!

ÉMILIE. — Victor. Mais je ne l'ai jamais vu ainsi. Tu n'es pas bien, Victor? Réponds. Veux-tu une goutte? Tiens, une goutte d'eau de mélisse sur un morceau de sucre.

VICTOR, *éclatant de rire*. — Que se passe-t-il? Vous parliez d'Antoine, n'est-ce pas? Antoine doit venir. Vous l'avez dit, même s'il est malade. Voilà bien ma mère. Sitôt qu'elle entend parler maladie, elle voit tout le monde malade.

CHARLES. — Trêve de plaisanterie. Je veux que tu m'expliques ce que tu viens de dire.

VICTOR. — Mais, il n'y a rien à expliquer, mon petit papa. Je faisais le fou. Ce n'est pas le diable!

CHARLES. — Non. Mais c'est un manque de tact à l'égard de Thérèse et tu lui dois des excuses.

ESTHER. — Je lui défends de faire des excuses à maman.

TOUS. — Hein?

ESTHER. — Oui, je le lui défends.

CHARLES. — Et pourquoi, s'il vous plaît, mademoiselle?

ESTHER. — Je ne sais pas. Mais je ne veux pas qu'il lui fasse d'excuses. Moi, on ne m'a pas demandé d'en faire quand j'ai cassé la porcelaine.

THÉRÈSE. — Eh bien, soit, il ne fera pas d'excuses. Vous voyez, elle n'est pas si méchante que cela, Esther. Mais, il nous dira ce que signifiait cette espèce de délire auquel personne, j'en suis sûre, n'a rien compris.

VICTOR. — Comment, vous ne l'avez pas deviné ?

TOUS. — Ah! non — Ma foi non — Qui l'aurait deviné ?

VICTOR. — Eh bien, ces mots étaient purement et simplement les éléments en désordre de ma prochaine composition française.

Un silence, puis ils partent tous d'un rire forcé.

CHARLES. — Ah, bougre de gosse! Quel bonhomme, hein ? Que voulez-vous, il faut bien lui passer quelque chose, il nous donne tant de satisfactions. Son professeur, que j'ai rencontré hier, me le répétait encore. Ce garçon, s'il ne lui arrive rien, il ira loin, croyez-moi, il ira très loin. Il est terriblement intelligent. Vous entendez, Thérèse, terriblement.

THÉRÈSE. — J'entends bien, il est terrible!

Antoine Magneau entre en coup de vent.

SCÈNE VII

LES MÊMES, ANTOINE MAGNEAU.

ANTOINE MAGNEAU. — Bonsoir. Où est-il ? Ah, te voilà. Il grandit de jour en jour; quel âge as-tu ? Neuf ans, et tu as un mètre quatre-vingts. Combien pèses-tu ? Tu ne te pèses jamais ? Tu as tort : qui souvent se porte, bien se connaît, qui bien se connaît, bien se pèse. Quel charmant enfant vous avez là, Charles. C'est tout le portrait de Galvani, oui, le dresseur de grenouilles. Ah, il faut bien rire un peu. Et vous, Émilie, toujours triste? Quel ennui. Rien à faire en ce monde. Ah, vous cassez la vaisselle,maintenant. Bravo, Charles. Vive le marteau. Moi je préfère la scie, c'est plus mélodieux. Affaire de goût, n'est-ce pas? affaire de goût. Bonsoir, Thérèse. *(Il l'embrasse.)* Eh bien, tu ne m'embrasses pas? Elle ne m'embrasse pas. Elle ne m'embrasse jamais. Je ne sais pourquoi. Affaire de reddition. Onze mille fusils, trois cents canons, et le feu de·joie aux drapeaux. Quelle vie! Ah, voilà la petite cantinière. Mam'zelle Esther. Salut militaire. Vive le Premier Consul!

Il chante.

Je suis la fille de Mont-Thabor, ran, ran, ran, ran.
La fille du tambour-major, ran, ran, ran, ran.

Il embrasse sa fille.

Écoutez, je suis ravi de vous voir tous en si bonne santé. Surtout Charles. Charles, mon vieux, vous, vous êtes amoureux. Non? Quelle blague. Eh bien, Émilie, je ne vous fais pas mes compliments. Vous ne pouvez pas retenir ce gaillard. Allons donc. Thérèse, montre-nous comment tu mets le feu aux poudres. Allez, le jeu des mains, des chevilles, le virage des yeux, le balancement des organes et la Trêve-Dieu, enfin, la Trêve-Dieu...

CHARLES. — Antoine, mon cher ami, vous prendrez bien... tenez, un verre de quinquina.

ÉMILIE. — Oui, de quinquina...

THÉRÈSE. — Mon ami, je t'en prie, tais-toi. Les enfants t'écoutent. Assieds-toi.

ANTOINE. — Ah, les braves gens!

Il se laisse tomber sur un siège.

VICTOR. — Monsieur Magneau, monsieur Magneau!

ANTOINE. — Hein, quoi?

ÉMILIE. — C'est mon petit Victor, Victor qui vous appelle.

ANTOINE. — C'est toi, Victor? Viens ici, mon petit, et dis-moi ce que tu veux.

VICTOR. — Je veux que tu me parles de Bazaine.

TOUS. — Oh, Victor!

ANTOINE, *déclamant comme une leçon apprise par cœur* :

BAZAINE *(zè-ne)* (Achille), maréchal de France, né à Versailles. Il se distingua en Crimée et commanda en chef au Mexique, non sans mérite; mais chargé en 1870-71 de la défense de Metz, il trahit véritablement son pays par son incurie, son incapacité, l'étroitesse et l'égoïsme de ses vues. Il se laissa renfermer dans la place, ne tenta que des efforts dérisoires pour en sortir, engagea de louches négociations avec Bismarck, puis rendit la ville sans avoir fait ce que lui prescrivaient l'honneur et le devoir militaires. La peine de mort à laquelle il fut condamné en 1873, ayant été commuée en celle de la détention, il réussit à s'évader, et se retira en Espagne, où il vécut entouré du mépris général (1811-1888) [1].

Il se met à pleurer.

THÉRÈSE. — Tout cela est honteux, honteux, honteux.

Elle se cache la tête dans les mains.

CHARLES. — Mais non, Thérèse, mais non, c'est très amusant, je vous assure...

ÉMILIE. — Charles! eh bien!

VICTOR. — Merci, monsieur Magneau, je te remercie.

CHARLES. — Assez, Victor, tu le fais exprès.

Le prenant à part.

Monsieur Magneau est malade, tu devrais avoir pitié de madame Magneau et d'Esther.

1. Dictionnaire Larousse.

VICTOR. — Esther m'a affirmé que Bazaine était son sujet favori; j'ai cru lui faire plaisir.

THÉRÈSE, *qui a entendu.* — C'est encore toi, Esther! Viens ici!

Elle la gifle.

CHARLES, *à Émilie.* — C'est curieux, n'est-ce pas?

ÉMILIE. — Je ne comprends rien. C'est à croire qu'il est contagieux. Regarde Victor.

CHARLES. — Antoine n'était pourtant pas là tout à l'heure. Et Victor...

ÉMILIE. — Non, mais il allait venir. Enfin, moi, je ne suis pas tranquille.

THÉRÈSE, *s'approchant d'elle.* — Je vous demande pardon, Émilie, j'aurais dû prévoir.

ÉMILIE. — Que voulez-vous, ma chère Thérèse, tout le monde a ses peines, et nous sommes heureux de vous donner l'occasion de les partager avec nous.

THÉRÈSE, *l'embrassant.* — Chère, chère amie.

ANTOINE, *très naturel.* — Excusez-moi, je crois qu'en arrivant je n'étais pas très bien. Peut-être ai-je outrepassé les lois de l'hospitalité?

CHARLES. — Allons, allons, mon vieil Antoine. Mettons que vous avez un peu rêvé, un peu dormi, et n'en parlons plus. Êtes-vous bien, maintenant?

ANTOINE. — Je suis au mieux.

CHARLES. — C'est parfait.

ESTHER. — Vive papa!

ANTOINE, *la prenant sur ses genoux et l'embrassant.* — C'est vive Victor! qu'il faut dire, n'est-ce pas? Vivent les neuf ans de Victor!

ESTHER. — Vive Victor!

Entre le général.

SCÈNE VIII

Les mêmes, le général Étienne Lonségur.

Charles. — Ah! voilà le général.

Le général Étienne Lonségur, *saluant.* — Madame... Madame... Bonsoir Charles, bonsoir monsieur Magneau. On grandit toujours Victor? On grandit toujours en taille et en sagesse, hein?

Victor. — Hélas, oui, général.

Le général. — Hélas? pourquoi hélas?

Victor. — C'est un mot.

Le général. — C'en est un. Quelle taille as-tu?

Victor. — Un mètre quatre-vingt-un, général.

Le général. — Un cuirassier, on en fera un cuirassier.

Victor. — Vous êtes trop aimable, général.

Le général. — Moi? allons donc, je suis une vache.

Esther. — Ce n'est pas vrai.

Le général. — Ah! la charmante petite fille. Bonsoir Esther. Alors, on ne veut pas que je sois une vache? Eh bien, que veut-on que je sois, alors?

Esther. — Un général.

Gêne.

Victor. — Dites donc, général?

Émilie. — Je te défends ces familiarités, tu entends?

Le général. — Ma chère enfant, tout le monde m'appelle général. Que me veut-on? Que me veut mon petit Victor?

Victor. — Avez-vous connu Bazaine?

Tous, *sauf le général et Antoine qui n'a pas entendu.* — Oh! oh! oh!

Thérèse, *à Victor qu'elle a pris à part.* — Fais-moi plaisir, Victor, évite de parler de la guerre de 1870-71. Crois-tu que ce soit gai pour tout le monde? Et mon pauvre mari est si malade. Il suffit qu'on aborde ce chapitre pour que ses crises le reprennent. Tu ne le feras plus, n'est-ce pas, promets-le moi? Jure-le moi?

VICTOR, *lui chatouillant les tempes.* — Friselis, friselis, friselis.

ÉMILIE, *arrivant à l'improviste.* — Il vous taquine encore. Ne lui en veuillez pas, Thérèse. Sans doute, il a neuf ans, mais il n'a que neuf ans. Allons, à table, Victor, tout le monde à table.

> *Chacun prend place. La lumière s'éteint. Quand elle se rallume on est au dessert.*

LE GÉNÉRAL, *levant son verre.* — Je bois à tes neuf ans, Victor.

TOUS. — Aux neuf ans de Victor!

VICTOR. — Je bois à ma mère bien-aimée, à mon père adoré, au général Étienne Lonségur, je bois à vous madame Magneau, je bois à monsieur Antoine Magneau. Je bois à Esther, leur fille, et je bois à Lili, qui est la servante accomplie de cette maison.

TOUS. — Bravo!

> *On trinque.*

CHARLES. — Et maintenant, Victor, tu vas nous dire quelque chose.

VICTOR. — Mais, je ne sais rien.

ÉMILIE. — Allons, ne te fais pas prier. Tu n'es pourtant pas timide. Je suppose que madame et monsieur Magneau ne te font pas peur.

VICTOR. — Non, mais c'est le général.

LE GÉNÉRAL. — Victor, dis-nous une poésie. Tu en sais bien une, que diable. Tout le monde sait une poésie.

ÉMILIE. — Et il dit si bien!

VICTOR, *se levant.* — Général, c'est pour vous. C'est pour la France.

> **Tu seras soldat, cher petit.**
> **Tu sais, mon enfant, si je t'aime,**

Mais ton père t'en avertit,
C'est lui qui t'armera, lui-même,

Quand le tambour battra demain.
Que ton âme soit aguerrie
Car je viendrai offrir ta main
A notre mère, la Patrie.

ANTOINE, *se levant brusquement*. — Je demande la parole.

VICTOR. — Tu l'as, Antoine,

THÉRÈSE. — Assieds-toi, Antoine.

TOUS. — Laissez-le, Thérèse, voyons, laissez-le, laissez-le s'amuser.

CHARLES. — Victor, tu te permets trop de libertés avec monsieur Magneau.

VICTOR. — Parle, Antoine! Silence au camp!

Tous se taisent, gênés et effrayés.

ANTOINE. — Des cochons. Des cochons. Des cochons. La petite cavalerie de Sedan, avec ses chevaux arabes, ah! ah! Mais l'autre, brillamment chamarré entre deux nègres, nous livrait le Sénégal et le Haut-Niger. Que faisait Faidherbe? Faidherbe, debout sur un taureau, escorté de 1.400 spahis, descendait soudain par le petit escalier portatif de cuivre et de pourpre, jusqu'au désert où se mouvaient tous les samalecs africains, comme une mer de courtoisie, et plantait au milieu de la fantasia un palmier qui produit des dattes tricolores :

> Vive donc la Troisième République, qui garantit l'instruction obligatoire, forme des citoyens dignes de ce nom, et qui assure enfin aux classes laborieuses le bénéfice des principes de stricte solidarité humaine qui sont les legs les plus précieux de la Révolution [1].

1. Dictionnaire Larousse.

A part ça, tous des cochons, des cochons et des patriotes.

Il se tait. Un silence angoissé.

VICTOR. — Et Bazaine?

TOUS. — Oh! oh! oh!

ANTOINE. — Bazaine? *(Regardant Charles dans les yeux.)* Charles, connais-tu l'histoire de Bazaine?

CHARLES. — Non.

THÉRÈSE. — Mais tu l'as déjà racontée, mon petit...

ANTOINE, *saisissant un couteau et frappant au milieu de la table.* — Ah, je te tiens, Bazaine, je te tiens, eh bien, tiens, tiens, tiens! *(Pleurant.)* Je vais mourir. Sa photographie! Non, rien de vous, monsieur le curé, pas de lecture, je vous en prie, je commande : Soldats, je vous dois la vérité, je suis cocu, et maintenant, visez, droit au cœur, droit au cocu.

Il s'effondre.

THÉRÈSE. — Je vous l'avais bien dit.

Elle pleure.

Et depuis plus d'un mois c'est le même manège, imprévisible, latent, terrible.

> *Silence angoissé. Personne n'ose bouger. Thérèse et Charles se regardent épouvantés. Lili se tient dans l'embrasure de la porte. Esther renifle dans un coin.*

VICTOR, *s'approchant d'Antoine.* — Antoine, au nom du peuple français, je te fais chevalier de la Légion d'honneur.

Il lui donne l'accolade.

ANTOINE, *qui est de nouveau très calme.* — Tu es gentil, Victor. Moi aussi je t'aime bien. Ta poésie m'a beaucoup touché. De qui est-elle?

VICTOR. — Elle est de Victor de Laprade. Je l'ai dite parce qu'il s'appelle Victor, comme moi.

ANTOINE, *prenant tout le monde à témoin.* — N'est-il pas

adorable? Eh bien, Esther? tu pleures. Ta mère te refuse quelque chose, je suis sûr. Thérèse, ne la contrarie pas aujourd'hui. Donne-lui de la moutarde si elle en a envie, et elle va nous dire quelque chose, elle aussi. C'est son tour. N'est-ce pas, Esther?

ESTHER. — Oui, papa. Un peu de silence, et je commence :

> You you you la baratte
> La baratte du laitier
>
> Attirait you you la chatte
> La chatte du charcutier.
>
> You you you you qu'elle batte
> Pendant qu'il va nous scier
>
> Le foie you you et la rate
> Et la tête du rentier
>
> You you you you mets la patte
> Dans le beurre familier
>
> Le cœur you you se dilate
> A les voir se fusiller
>
> You you madame se tâte
> Mais les fruits sont verrouillés
>
> Que l'enfant you you s'ébatte
> Dans son berceau le beurrier
>
> Avant you you la cravate
> Du bon petit écolier.

ÉMILIE. — Oh! c'est délicieux. Embrasse Esther, Victor, et remercie-la.

VICTOR. — Je suis ravi, Esther, et je t'embrasse de tout mon cœur.

LE GÉNÉRAL. — Autrefois quels youyous. *(Il chante.)* Et youp par-ci, et youp par-là.

CHARLES. — Général, vous ne nous ferez pas croire..

Tous rient.

LE GÉNÉRAL, *désignant Esther et Victor qui sont restés embrassés.* — Joli duo, ces deux petits. Grands tous les deux. Parions que vous les marierez.

THÉRÈSE. — Ah, non!

ÉMILIE. — Pourquoi pas, Thérèse? Notre Victor et votre Esther, je n'y ai jamais pensé, mais mon Victor et Esther. Enfin, pour la plaisanterie Esther pourrait bien s'appeler Paumelle, je m'appelle bien Paumelle, moi. Bien sûr, on a le temps d'y penser, mais les voyez-vous ensemble, et nos familles réunies. Antoine est de mon avis, j'en suis sûre.

CHARLES. — Mon Dieu, Thérèse... Émilie, ils ont bien le temps.

ANTOINE. — Non, ils n'ont pas le temps. Nous allons les marier tout de suite. Hein? histoire de rire. Allez, je vous marie, et je suis sûr que vous savez déjà jouer les amoureux. N'est-ce pas général? ça va être très rigolo.

LE GÉNÉRAL. — C'est cela, jouez-nous papa et maman. Ah, quelle bonne idée. Là, Victor, tu es le papa. Esther, tu es la maman. Et c'est la femme qui commence, bien entendu.

> *Un long silence, pendant lequel Victor parle bas à Esther.*
>
> *Esther et Victor vont jouer la scène que la petite fille surprit entre Charles et Thérèse.*

ESTHER. — Friselis, friselis, friselis.

VICTOR. — Réso, réso, réso.

ESTHER. — Carlo, je m'idole en tout.

VICTOR. — Treize, ô baigneur muet.

ESTHER. — Mais si Antoine, là d'un coup.

VICTOR. — Ton cou me sauverait.

ESTHER. — Horizon ravi.

VICTOR. — Laisse-là cette pieuvre rose. *(Esther fait*

semblant de pleurer. Victor sort en claquant la porte, puis rentre aussitôt avec une fausse barbe en criant.) Mes petits veaux valent mieux que vos petits, Ba ba ba... dinguet.

> *Il arrache sa fausse barbe, et tous deux éclatent de rire. L'assistance est atterrée. Antoine, avec un grand naturel, s'approche d'Émilie et lui dit quelques mots à voix basse, près de l'oreille.*

ÉMILIE. — Oh! Antoine.

LE GÉNÉRAL. — On claque des dents, Émilie, on a froid?

ÉMILIE. — Laissez-moi. Oh! pardon, général. Non, merci, je n'ai pas froid. Mais laissez-moi, Antoine, voyons.

> *Antoine insiste, il caresse Émilie qui tente de se dégager.*

LE GÉNÉRAL, *à Thérèse.* — Sans doute une autre crise se prépare.

THÉRÈSE. — Je ne sais pas. Je ne sais pas, vous dis-je. *(Criant.)* Je ne sais pas.

LE GÉNÉRAL, *à Charles.* — Qu'avez-vous? Qu'a-t-on ici?

CHARLES. — Qu'a-t-on? qu'a-t-on, Caton l'ancien, nom de Dieu!

LE GÉNÉRAL, *aux enfants.* — Mes enfants, retirez-vous un moment.

VICTOR. — Non, général.

ESTHER. — Non, général.

LE GÉNÉRAL. — Eh bien, restez.

> *Antoine poursuit son manège et continue à lutiner Émilie en déclamant.*

ANTOINE.

> You you you you la baratte
> La baratte du laitier
>
> Attirait you you la chatte
> La chatte du charcutier

> Le cœur you you se dilate
> A les voir se fusiller

*Enfin Antoine s'arrête et s'effondre dans un fau-
teuil, la tête dans les mains. — Émilie la tête
rejetée en arrière, les bras croisés, regarde tour à
tour son mari et Thérèse. — Les enfants s'embrassent de temps en temps. — Le général se
mouche. — Thérèse et Charles se donnent des coups
de coude. — Longue scène muette.*

ÉMILIE. — Qu'il soit bien entendu que je n'ai rien
compris à cette scène.

THÉRÈSE. — Antoine, mon pauvre Antoine.

Elle pleure.

CHARLES. — Je voudrais demander à Victor... Victor!

VICTOR. — Papa?

CHARLES. — Rien. Plus tard.

ANTOINE, *se levant.* — Thérèse avait raison, je ne
suis pas bien. Il faut que je rentre. Excusez-moi.

THÉRÈSE. — Excusez-nous. Esther! allez! ton manteau, tes gants...

ANTOINE. — Non, je rentrerai seul. Je vous défends
de m'accompagner. Je vous le défends, vous entendez
bien. Bonsoir.

Il sort en fredonnant

> You you. madame se tâte
> Mais les fruits sont verrouillés

Longue gêne.

SCÈNE IX

LES MÊMES, *moins* ANTOINE.

LE GÉNÉRAL. — On était si gai! et voilà qu'on
pleure, et ces enfants sont si gentils! Allons que la fête
continue.

ÉMILIE. — Vous avez raison, général. Tenez, un verre de champagne.

LE GÉNÉRAL. — Avec plaisir, et qu'on m'imite. Charles, le coup de l'étrier.

CHARLES. — Je ne refuse pas.

Ils boivent.

LE GÉNÉRAL. — Victor, viens près de moi. On voudrait te faire plaisir; on a neuf ans. Qu'est-ce qui lui ferait vraiment un grand, mais, là, un grand plaisir?

VICTOR. — Vous promettez, général?

LE GÉNÉRAL. — C'est tenu d'avance. Parole de soldat.

VICTOR. — Eh bien, je voudrais jouer à dada avec vous.

LE GÉNÉRAL. — Quoi?

VICTOR. — Oui, comme Henri IV. Vous vous mettez à quatre pattes, j'enfourche ma monture et on fait le tour de la table. Et qu'importe qui frappe, les ambassadeurs du roi d'Espagne peuvent attendre.

ESTHER. — Oui, oui, oui, bravo, bravo!

CHARLES. — Victor! C'est stupide et insultant; je ne permettrai pas cela.

VICTOR. — Vous avez promis, général. Vous m'avez donné votre parole de soldat.

ÉMILIE. — C'est intolérable. Victor, demande autre chose, voyons!

LE GÉNÉRAL. — Mais c'est très gentil ce qu'on me demande là. Je ne te refuserai pas cette grâce, mon cher Victor. En selle!

Il fredonne le boute-selle.

　　　Allons dragons, vite en selle
　　　Par quatre, formez vos escadrons.

CHARLES. — Non, je te le défends une dernière fois.

VICTOR. — Votre parole de soldat, général, ne me l'avez-vous pas donnée?

LE GÉNÉRAL. — Cela me regarde, Charles. J'ai donné ma parole, je la tiendrai, et avec joie, heureux si je puis donner à Victor le goût des armes. Eh, ma chère Émilie, il a déjà la taille d'un cuirassier. A neuf ans, songez-y.

VICTOR, *appelant le général, qui s'est mis à quatre pattes.* — Cocotte, cocotte, cocotte !

> *Le général s'approche de Victor. Celui-ci le prend par la fourragère comme par la bride. Le général se prend au jeu, et imite le cheval. Il hennit, rue, se cabre, etc. On assiste à une sorte de dressage.*

VICTOR. — Arrière, arrière, là, là.

> *Il lui donne un morceau de sucre dans le creux de la main. Le cheval se calme, Victor monte en selle.*

Hue ! hue !

> *Gêne pour tout le monde, sauf pour Esther qui se tord.*

Au pas, au pas, au pas. Là. Au trot !

> *Il le flatte de la main.*

Au galop, au galop, au galop !

> *Il lui donne de l'éperon.*

RIDEAU.

ACTE II

Le Salon.

SCÈNE I

Entre THÉRÈSE, *suivie de* CHARLES.

THÉRÈSE. — Quelle vie! Quel malheur! Quels enfants! Et toi, par-dessus le marché!

CHARLES. — Moi, moi. *(Accablé.)* Ah!

Un silence.

CHARLES. — Parlons vite! Quelqu'un nous a surpris.

THÉRÈSE. — Esther.

CHARLES. — Ces enfants nous trahissent. Inconsciemment, je veux bien le croire.., Comment le croire autrement?... Mais nous sommes trahis. Émilie...

THÉRÈSE. — ...n'a plus de doute.

CHARLES. — Que va-t-il se passer? Que devenir? Et Antoine?

THÉRÈSE. — Antoine est fou.

CHARLES. — Il l'est.

THÉRÈSE. — Toi aussi. Le général, Émilie, ton gosse, tout le monde, tout le monde est fou. Et moi je n'en puis plus. Je ne puis pas rentrer. Je ne puis pas partir. Je ne puis pas rester... et je t'adore.

Elle tombe dans les bras de Charles.

CHARLES. — Réso, réso, réso!

THÉRÈSE. — Carlo! quel bonheur! quel malheur!

CHARLES. — Tiens-toi, je t'en prie. Tiens-toi, Réso.
THÉRÈSE. — Il y a de quoi, tiens...

Elle l'embrasse longuement sur la bouche.

CHARLES, *se dégageant.* — Assez. Pardon, mais mon
petit Réso, un peu de tenue, je t'en supplie.

*Entre Victor à pas de loup; il se cache derrière
un palmier.*

SCÈNE II

LES MÊMES, VICTOR, *d'abord invisible.*

THÉRÈSE. — Je n'y comprends rien.
CHARLES. — Nous ne sommes pas assez prudents.
C'est sûr! Sans doute ils sont très jeunes, ils ne com-
prennent pas, mais ils voient, ils répètent, ils nous imi-
tent, les singes!
THÉRÈSE. — La mienne... attends que nous soyons
rentrés à la maison. Elle s'en souviendra, la petite
garce! Je lui en flanquerai des mamours. Et le général
qui voulait les marier! C'est à crever de honte!
CHARLES. — En effet, c'est gênant...
THÉRÈSE. — Gênant! Tu as de ces mots. Mais c'est
de l'inceste pur et simple. Quand je pense...

Elle éclate de rire.

Et jusqu'à notre langage dans leurs bouches. Laisse
là cette pieuvre rose...
CHARLES. — Je t'en supplie, une dernière fois, Thérèse! Tout cela t'excite et tu t'énerves. Il y a des coïn-
cidences, que diable! On les exploite, c'est possible,
mais on peut les détruire...
THÉRÈSE, *l'entraînant vers le divan, et faisant mine de le
caresser.* — C'est trop tard.
CHARLES. — Eh bien, ne te gêne plus! Fais toutes
les allusions obscènes que tu voudras, mais je t'avertis

que si tu continues, je ne réponds plus de moi. Tant
pis pour nous, tant pis pour toi, tant pis pour tous.

Il se renverse sur elle.

VICTOR. — Trop tard! *(Apparaissant.)* Vous, madame, avec cette légèreté de guipure, et toi, mon père,
cette faiblesse d'agneau, quelle touchante étoile au
ciel de mon lit tous les soirs. Après le café, seul le ronfle-
ment de la machine à coudre de ma mère. Une chemise de nuit piquée de larmes, pour la rentrée de
l'époux volage. Et moi je vous appelle « maman »
dans mes rêves. Quelquefois j'entre dans votre salon,
masqué, le revolver au poing, et je vous oblige à lire
ce passage de l'*Iliade* :

> « Aie pitié de moi en souvenir de ton père, car
> je suis plus à plaindre encore que lui. J'ai pris sur
> moi de faire ce qu'aucun homme sur la terre n'a
> jamais fait, j'ai porté à ma bouche la main de celui
> qui a tué mon enfant. »

Il se met à genoux et baise les mains de Thérèse.

CHARLES. — Encore sa composition française! Il
est invraisemblable! Mais que font le général et ta
mère? Et pourquoi Esther n'est-elle pas avec toi?

VICTOR. — J'ai rentré le général à l'écurie. Ma
mère est à la lingerie, à sa place. Quant à Esther, elle
finit de rire.

THÉRÈSE. — Tu ne me diras pas que cet enfant ne
le fait pas exprès.

CHARLES. — Écoute ici, Victor.

Il le gifle.

C'est ma première gifle, tu as attendu neuf ans pour
la recevoir, qu'elle te serve de leçon.

VICTOR. — Donc, qu'elle m'évite d'apprendre.

CHARLES. — Tu raisonnes?

VICTOR. — Comme un tambour.

Nouvelle gifle.

THÉRÈSE. — Laisse-le.

VICTOR. — Merci... puisque Esther aura la meilleure part!

Entre Esther.

SCÈNE III

LES MÊMES, ESTHER.

VICTOR. — Esther, c'est fini de rire?

ESTHER. — C'est fini, mais Dieu, que c'était drôle!

Entrent le général et Émilie.

SCÈNE IV

LES MÊMES, LE GÉNÉRAL, ÉMILIE.

LE GÉNÉRAL. — Il y a de ces invraisemblances. Ainsi, Antoine qui est l'homme le plus doux du monde, s'agite comme un poignard dans la main d'un mameluk, et moi qui suis fait pour la guerre, je suis aussi indifférent qu'un drapeau de gendarmerie.

CHARLES. — Oh! général, vous avez de ces métaphores!

LE GÉNÉRAL. — Quoi! Qu'est-ce que j'ai dit? Encore le contraire de ce que je pense. Je dis toujours le contraire de ce que je pense. Mais vous êtes assez intelligent pour rectifier, mon cher Charles.

CHARLES. — C'est cela, traitez-moi d'imbécile, à présent.

VICTOR. — Évidemment, si vous pensez qu'il est intelligent, vous devez lui dire qu'il est complètement idiot.

LE GÉNÉRAL. — Ah! Victor, dans ce cas, tu es le plus parfait des crétins.

VICTOR. — Après vous, mon général!

CHARLES. — Il n'y a pas de raison pour que ce petit jeu finisse, et je vais y mettre un terme. Victor, dis bonsoir à tout le monde et va te coucher.

VICTOR. — Avec qui?

CHARLES, *exaspéré*. — Avec qui? avec qui? Je ne sais pas moi, avec Esther, avec ta mère, si tu veux.

TOUS. — Oh!

CHARLES. — C'est vrai, c'est insupportable à la fin; tantôt c'est le secret, tantôt c'est la démence. Celui-ci ne dit pas ce qu'il pense, mais tout le contraire; l'autre fait le singe. Je ne sais pas pourquoi tout se brise. Je ne comprends rien à toutes ces comédies. Victor a neuf ans, et me demande avec qui il peut coucher, je lui réponds : avec Esther, avec sa mère, comme je dirais avec le pape, et tout le monde se met à hurler. Enfin, que voulez-vous que je réponde? Avec qui voulez-vous qu'il couche?

Entre la bonne.

VICTOR. — Avec la bonne.

Lili dépose le plateau et disparaît. Un long silence. Gêne.

ÉMILIE. — Tu me fais rougir, Victor.

ESTHER. — Moi, je veux bien coucher avec toi.

THÉRÈSE. — Maintenant c'est l'autre qui s'y met. Et vous, général, voulez-vous coucher avec lui?

LE GÉNÉRAL. — Si je dis oui, vous me croirez, et si je dis non, vous croirez que je pense le contraire.

VICTOR. — Quel salaud!

TOUS. — Hein! Quoi?

VICTOR. — Rien... rien... je me parle à moi-même. Je me dis que je suis un salaud. Comment! on fête mes neuf ans; tout le monde se réunit dans la joie de bénir un si joyeux événement; et je fais pleurer ma

mère. Je rends soucieux le meilleur des pères, j'empoi-
sonne la vie de madame Magneau, je provoque la
folie de son malheureux mari, je bafoue l'Armée française. Quant à la bonne, je lui prête je ne sais quelles
complaisances. Jusqu'à Esther, la chère petite, que je
mêle à cette affaire immonde. Ah, mais à la fin, qui
suis-je? Suis-je transfiguré? Ne m'appellé-je plus Victor? Suis-je condamné à mener l'existence honteuse du
fils prodigue? Enfin, dites-le-moi. Suis-je l'incarnation
du vice et du remords? Ah! s'il en est ainsi, plutôt la
mort que le déshonneur! plutôt le sort tragique de
l'enfant prodigue! *(Il se prend la tête dans les mains.)*
Oui, ouvrez toutes les portes! laissez-moi partir, et
tuez le veau gras pour mon vingt-cinquième anniversaire!

Le général. — Ah, Charles! ceci est presque une
confession. Si j'étais prêtre, je dirais cet enfant est
possédé du diable.

Charles. — Écoutez, général, je suis un bon répu-
blicain, et il a été toujours entendu que jamais la question religieuse ne se poserait entre nous. Mes ancêtres
étaient conventionnels, mes aïeux ont fait la révolu-
tion de 48, et mon grand-père était communard. Moi,
je suis radical, et j'espère que mon fils, qui n'a jamais
été baptisé, et qui, je vous en fiche mon billet, ne fera
pas sa première communion, ne sera jamais un calotin.

Émilie. — Alors que comptes-tu en faire?

Charles. — Un sous-préfet. N'est-ce pas, Victor?
Un sous-préfet, hein?

Victor. — Non, inutile.

Thérèse. — Dis ce que tu veux être, mon petit.
Il ne faut pas contrarier la vocation des enfants.

Victor. — Je veux faire, dans le genre carnivore.
Enfant prodigue, cela ne me déplairait pas.

Émilie, *levée.* — Il me fait peur.

Charles. — Allons donc, il se moque de nous. Qu'il
aille se coucher.

ESTHER. — Non, il n'ira pas se coucher. Il a toujours neuf ans, et il doit rester jusqu'à la fin de la fête. Reste, Victor. Et si tu aimes la viande, je t'en donnerai, moi.

LE GÉNÉRAL. — Cette petite espiègle a raison contre nous tous. Victor est énervé. Remarquez que je ne le défends pas, mais, enfin, c'est son anniversaire, et puisqu'il aime la viande, donnez-lui de la carnine Lefranc, c'est moins échauffant, et c'est souverain.

THÉRÈSE. — J'en donne à Esther, entre deux dragées.

ESTHER. — Oui, mais moi je suis un peu comme Victor, je préfère la carnine.

THÉRÈSE. — Alors, pourquoi suces-tu les dragées?

ESTHER. — Je ne les suce pas, je les croque.

CHARLES. — Eh bien moi, je prétends que nous ne ferons rien de cet enfant. Je l'ai compris ce soir. Nous n'en ferons rien, ou plutôt si, nous en ferons un dévoyé, un raté, un voyou, il finira sur l'échafaud.

ÉMILIE. — C'est cela, emballe-toi... Sur l'échafaud! Ah, non! quand il s'y met! D'abord il le voit dans une sous-préfecture, ensuite sous la guillotine. Viens sur mes genoux, Victor. Ton père est stupide. Il finira par te faire mal tourner. Un enfant qui remporte tous les Prix d'Excellence! Au fond, tu es jaloux de ton fils. Oui, tu es jaloux. Tu n'as jamais été qu'un cancre, toi. Et que fais-tu aujourd'hui. Sans ton frère, tu n'aurais même pas ce poste à l'Entrepôt des Tabacs, avec le traitement duquel nous crèverions de faim si je n'avais les revenus de ma dot. Et tu veux donner des conseils à ton fils? Et tu veux sonder l'avenir? Ah! tu me fais rire, tiens, tu me fais mourir de rire.

Elle éclate en sanglots.

CHARLES. — Meurs, nom de Dieu! Meurs, mais ne pleure plus.

VICTOR. — Ris, ma chère maman, ris en déployant ta gorge.

CHARLES, *saisissant un vase et le brisant.* — Là, maintenant je suis content.

Il esquisse un pas de gigue.

Ça m'a calmé les nerfs. A ce régime, je n'étais pas loin de devenir comme Antoine. Pour un peu je vous aurais assassiné, général, oui, je vous aurais volontiers pris pour Bazaine.

THÉRÈSE. — Oh! je vous en prie, Charles, mon mari ne mérite pas...

CHARLES. — Toi, hein... Oh, pardon, Thérèse! Mais comprenez qu'il est impossible de vivre toute une soirée ainsi. Il faudrait un miracle. On ne peut pas se séparer. On ne peut pas se coucher. On ne peut pas laisser cet enfant seul. Sitôt rentré dans la chambre... c'est une scène, sitôt rentrée chez vous... Antoine est peut-être encore déchaîné. Pouvons-nous garder Esther? Pouvons-nous la confier au général? Lonségur, la stratégie, ça vous connaît. Trouvez quelque chose... je ne sais pas moi! n'importe quoi. Et, s'il le faut, allez chercher un canon...

LE GÉNÉRAL. — Un canon! comme vous y allez...

ESTHER, *prend le képi du général, le met sur sa tête et chante en dansant.*

> Dansons la carmagnole,
> Vive le son, vive le son!
> Dansons la carmagnole,
> Vive le son du canon.

Tout à coup, au milieu du désordre général, entre une femme d'une grande beauté, en robe du soir.

VICTOR, *criant.* — Le miracle!

Il saute des genoux de sa mère.

SCÈNE V

LES MÊMES, IDA MORTEMART.

IDA MORTEMART. — Tu ne me reconnais pas?

ÉMILIE. — Non.

IDA. — Regarde-moi.

ÉMILIE. — Vous êtes ici chez madame Paumelle.

IDA. — Moi je m'appelle Ida, n'es-tu plus Émilie?

ÉMILIE. — J'ai connu trois Ida dans ma vie. La première...

IDA. — Moi, je suis la dernière, sans doute. Je m'appelle Ida Mortemart.

ÉMILIE. — Ida Mortemart!

IDA. — J'avais sept ans...

ÉMILIE. — J'en avais...

IDA. — ... tu en avais treize.

ÉMILIE. — Assieds-toi. Excuse-nous... Je ne pouvais pas deviner. Comment t'aurais-je reconnue?

IDA. — Moi, je t'ai reconnue tout de suite.

ÉMILIE. — Il y a si longtemps. Assieds-toi. Oh, pardon! Que je fasse les présentations. Le général Étienne Lonségur, madame Magneau, sa petite fille Esther, mon mari, monsieur Paumelle, et mon fils Victor. Assieds-toi.

Ida s'assied. Un grand silence.

IDA. — C'est étrange, n'est-ce pas, de se rencontrer ainsi.

ÉMILIE. — Comment de se rencontrer? Mais tu viens chez moi, il est à peu près naturel que tu m'y trouves.

IDA. — Je ne venais pas chez toi.

ÉMILIE. — Quoi?

IDA. — Non, j'allais chez madame Paumelle.

ÉMILIE. — Eh bien, ne suis-je pas madame Paumelle?

IDA. — Non. Ou plutôt si, puisque tu viens de me l'apprendre. Mais tu n'es pas celle que j'allais voir.

Tous se regardent inquiets.

ÉMILIE. — Tu veux dire que tu croyais trouver la petite fille que tu as connue. Enfin, tu ne me savais pas mariée.

IDA. — Non. Je l'ignorais. Mais ce n'est pas toi que je voulais voir. Madame Paumelle est mon amie de dix ans. Elle a épousé monsieur Paumelle il y a quelques années. Ils habitaient autrefois boulevard Pasteur, ils habitent maintenant rue Lagarde.

CHARLES. — Mais, madame, vous êtes bien ici rue Lagarde.

IDA. — Vous allez comprendre. Je savais, puisqu'ils me l'avaient écrit, qu'ils habitaient en effet rue Lagarde. Mais j'ai brûlé leur lettre par distraction. Ne me souvenant plus du numéro, j'ai demandé au premier fruitier venu, et il m'a indiqué *ta* maison. Je te rencontre *toi*, Émilie, mon amie d'il y a plus de vingt ans, au lieu de *madame Paumelle*, mon amie intime d'aujourd'hui.

ÉMILIE. — C'est extraordinaire. Il y a donc deux mesdames Paumelle dans la même rue.

IDA. — Oui, et qui s'ignorent, et qui habitent peut-être face à face.

LE GÉNÉRAL. — C'est inouï!

CHARLES. — Eh bien, madame, si un auteur dramatique s'était servi de ce stratagème pour vous faire apparaître ici, et, à ce moment, on eût crié à l'invraisemblance.

IDA. — On aurait eu raison. Ce n'est pourtant que la simple vérité.

ÉMILIE. — A quel fruitier as-tu demandé le renseignement?

IDA. — A celui du coin de la rue de l'Arbalète et de la rue Lagarde.

ÉMILIE. — C'est un comble. Nous ne nous servons chez lui que depuis trois jours.

THÉRÈSE. — C'est miraculeux.

Un silence.

LE GÉNÉRAL. — Oui. Et, figurez-vous, madame, qu'on me demandait un canon.

IDA. — Un canon!

> *Elle pète. Moment de stupeur et de gêne. On croit avoir mal entendu. Ida rougit jusqu'au front. Esther ne peut réprimer un éclat de rire. Sa mère l'attire à elle et la calme. Victor ne bronche pas.*

LE GÉNÉRAL. — Oui, un canon. Mais c'était une plaisanterie, n'est-ce pas?

IDA, *qui ne comprend pas, qui ne peut pas comprendre.* — Non, monsieur, c'est une infirmité.

> *Longue gêne. Ida se cache la tête dans les mains.*

IDA. — Quelle confusion! quelle honte!

ÉMILIE. — Ma chère amie, ma chère Ida, que se passe-t-il? Qu'as-tu? Es-tu malheureuse? Que puis-je comprendre. Je ne te connais pas. Nous nous sommes quittées si petites.

IDA. — Je ne puis pas, je ne puis pas.

> *Elle pète. Même jeu.*

IDA. — Pardon, pardon, excusez-moi. C'est atroce, je ne puis pas me retenir. C'est une maladie terrible. Comment vous expliquer? Une émotion violente, il n'en faut pas plus à certaines heures. Savais-je que je te rencontrerais, et je ne puis rien contre ce besoin immonde. Il est plus fort que tout. Au contraire, il suffit que je veuille, que je fasse un effort pour qu'il me surprenne et se manifeste de plus belle.

> *Elle pète longuement.*

Je me tuerai, si cela continue, je me tuerai.

> *Elle pète encore.*

LE GÉNÉRAL, *à part.* — Quelle histoire!

Les rires fusent.

IDA. — Riez! riez! je le sais bien, allez, on ne peut
pas s'empêcher d'en rire. Je ne vous en veux pas. Riez
donc! Il n'y aura après ni gêne de votre côté, ni gêne
du mien. Cela nous calmera tous. J'ai l'habitude. Il
n'y a qu'un remède, c'est le rire.

> *Ils rient de toutes leurs forces pendant qu'elle
> pète toujours, la tête dans ses mains. Graduellement
> les rires s'arrêtent. On attendra que ceux de la
> salle s'arrêtent aussi pour continuer la scène.*

IDA, *se levant.* — Pourtant, je suis belle, je suis
aimée, et je suis riche. J'ai quinze immeubles à Paris,
un château dans le Périgord, une villa à Cannes. J'ai
quatre automobiles, un yacht, des diamants, des perles,
des enfants. J'ai un mari, le banquier Théodore Mortemart, et personne n'a rien à m'envier, sauf le pétomane
de l'Eldorado.

> *Elle pète. Les rires se font de plus en plus rares.
> Ida se replonge la tête dans les mains. Un long
> silence..*

Je vous demande de m'excuser, et aussi la permis-
sion de me retirer.

VICTOR, *avec éclat.* — Non, non, ne partez pas, madame.

ÉMILIE. — Ne pars pas encore, reste avec nous.
Nous fêtons les neuf ans de mon fils. Reste, je t'en prie.
Toutes les boutiques sont fermées à présent, toutes les
portes, et tu ne trouveras pas l'autre adresse.

> *Ida qui s'était levée se rassied.*

IDA. — Je vous ai dérangés, vous étiez heureux. Je
suis arrivée là comme une intruse. La bonne aurait dû
m'accompagner. Quelle triste et pénible apparition.

CHARLES. — Au contraire, madame, avant votre
arrivée nous étions bouleversés. Tenez, voyez! il y a

des vases en morceaux, des couteaux sur la cheminée, des meubles désordonnés qui trahissent des luttes dont, après tout, nous ne saurons jamais les causes. Nous parlions de tout faire sauter.

LE GÉNÉRAL. — Mais, ne peut-on rien faire pour vous guérir de ces... de ces... enfin de cette chose.

Elle pète.

IDA. — Si, général, autant que possible n'en plus souffler mot.

Silence.

Il serait naturel de raconter ma vie de A à Z. Tu connais A, vous connaissez Z.

VICTOR. — Nous connaissons P. *(Gêne.)* Votre pâleur, votre peine, vos perles, vos paupières, vos pleurs, votre privilège. Nous connaîtrons votre passage. Vous favorisez les combinaisons. Dans un monde plus avancé, vous vous nommeriez mousse de platine. Oh, catalyseuse! Qu'importent ces débordements sulfureux, quelques mauvaises passions peuvent en mourir, quelques carbones précieux aussi. Vous tombez parmi nous comme un bijou dans le mercure. Je plains celui qui devra en payer les conséquences fatales, le coupable des pots cassés.

IDA. — Vous dites?

CHARLES. — Ne l'écoutez pas, madame, il parle aux anges.

VICTOR. — Remerciez-le, madame, il ne sait pas ce qu'il dit.

CHARLES. — Je devrais le gifler.

LE GÉNÉRAL. — Giflez-le donc, à la fin!

> *Le père lève la main et la tient suspendue un instant; il la laisse tomber, découragé.*

VICTOR. — Général, votre sabre est rouillé et vous puez.

LE GÉNÉRAL. — Madame Paumelle, votre fils est perdu.

VICTOR. — Maman, tu es enceinte d'un enfant mort.

ÉMILIE. — Victor! Victor! que veux-tu dire, que j'ai mal au ventre?

CHARLES. — Il faut comprendre, je veux comprendre.

VICTOR. — Il faut sentir, papa.

IDA. — Victor, venez sur mes genoux. Venez aussi Esther.

Victor s'assied sur les genoux d'Ida.

ESTHER. — Non, non, j'ai peur de cette femme. J'ai peur de cette sale femme qui pète tout le temps et qui ressemble à une chienne. Je m'en vais.

Elle s'enfuit dans le jardin.

THÉRÈSE. — Vous me le paierez, vous, voleuse d'enfants!

Elle sort. On l'entend crier dans le jardin.

THÉRÈSE. — Esther! Esther!

CHARLES. — Je sors aussi. Cette petite est capable de tomber dans le bassin.

ÉMILIE. — Se noyer! Dieu du Ciel!

Elle sort en courant. — Le général la suit en riant bruyamment et en se tapant sur les cuisses.

SCÈNE VI

VICTOR, IDA.

IDA. — Qu'ai-je fait?

VICTOR. — Elle a de qui tenir, son père est fou

IDA. — Ah?

Un temps.

VICTOR. — Je suis bien sur vos genoux.

IDA. — Assieds-toi mieux.

VICTOR. — J'ai dit sur vos genoux; mais enfin, c'est sur vos cuisses que je suis assis.

IDA. — Tiens, c'est vrai, les expressions sont mal faites.

Un temps.

IDA. — Et tu as neuf ans aujourd'hui. Neuf ans seulement?

VICTOR. — Au fait, ai-je neuf ans? Je n'ai été initié à la notion d'âge qu'à mon quatrième anniversaire. Il a donc fallu quatre ans pour qu'on me persuade du retour périodique du 12 septembre. Peut-être pourrait-on me prouver un jour qu'il a fallu cent ans. Oui, rien ne s'oppose à ce que j'aie plus de cent ans.

IDA. — Que dis-tu?

VICTOR. — Je dis que j'ai peut-être cent cinq ans.

IDA. — On ne vit pas si vieux, il faudrait que tu meures.

VICTOR. — Et ma mort ne prouverait même pas que je les aurais. On meurt à tout âge. D'ailleurs, il est bien possible que je meure bientôt, pour entretenir le doute, pour me donner raison, par courtoisie.

IDA. — Assieds-toi un peu plus haut. Tu glisses et tu vas tomber.

VICTOR. — Voilà. Vous aviez raison, je suis beaucoup mieux ainsi.

Un temps.

IDA. — Écoute, Victor, il vaudrait mieux que je parte sans attendre qu'ils reviennent. Je ne me sens pas bien, et tu m'excuserais.

VICTOR. — Oui, maintenant... Mais restez encore un moment. Nous les entendrons revenir et s'il vous plaît alors, vous partirez.

IDA. — Soit.

Un temps. — Victor l'embrasse dans le cou à plusieurs reprises, lentement.

VICTOR. — Vous devriez me dire quelque chose encore, pendant qu'on cherche Esther.

IDA. — Oui.

VICTOR. — Je suis amoureux.

IDA. — Comment?

VICTOR. — J'aime.

IDA. — C'est impossible!

VICTOR. — Dites que ce n'est pas avouable. Je me confesse à vous parce que vous partirez et que je ne vous verrai plus. Mais je vous jure que c'est vrai : je suis amoureux.

IDA. — Mais tu ne peux pas.

VICTOR. — Non, je ne peux pas faire l'amour. Aussi, avant de me quitter, dites-moi ce que c'est. Je sais tout sauf cela. Et je ne voudrais pas mourir... n'est-ce pas, on peut mourir à tout âge... je ne voudrais pas mourir sans savoir.

IDA. — Mais de qui es-tu amoureux, pauvre gosse?

VICTOR. — Je ne le dirai pas. Madame, dites-moi comment vous faites.

IDA. — Je ne sais pas, mon petit.

VICTOR. — Comment? vous ne savez pas? Si, vous savez. Dites-le-moi.

> *Ida hésite, puis elle se penche sur l'oreille de l'enfant et lui parle longuement à voix basse; pendant qu'elle parle on entend des cris dans le jardin.*

Oh! oh! — Où êtes-vous? — Approchez, Thérèse. — Approchez. — L'avez-vous trouvée? — Oui, elle est dans le coffre, dans le coffre à charbon. — Elle respire? — Elle respire. — Comme ses dents sont serrées. — Ouvrez-lui les yeux. — Elle a du sang sur sa robe. — Est-elle blessée? — Non, non, ce ne sont pas des blessures, ce sont ses ongles. — Une crise? — — Une crise? Alors c'est la première. — Je vous jure que c'est bien la première.

> *Les voix se rapprochent. Ida embrasse Victor, se*
> *lève, et se dirige rapidement vers la porte de sortie.*

Victor. — Merci, merci madame. Mais vous m'avez menti. Pourtant, faites-moi encore une grâce, la dernière.

Ida. — Oui.

Victor, *ricanant.* — Je voudrais que vous pétiez pour moi.

> *Ida pousse un grand cri et disparaît; elle revient*
> *aussitôt, et dans l'embrasure de la porte crie à Vic-*
> *tor :*

Ida. — Monstre! monstre! Tu te présenteras de ma part demain aux Magasins du Louvre, rayon des jouets. Il y aura pour toi une petite carabine, une petite carabine à balles.

> *Elle disparaît.*
> *Entrent le général, Charles portant Esther sur*
> *ses bras, Thérèse éplorée et Émilie. On dépose en*
> *silence Esther sur un divan. Sa robe est déchirée,*
> *ses bras ensanglantés, elle bave.*

SCÈNE VII

Victor, le général, Charles, Esther, Thérèse, Émilie.

Victor. — Madame Mortemart, avant de partir, m'a prié de l'excuser auprès de vous.

Thérèse. — Ah! elle est partie, celle-là. Ce n'est pas dommage. Viens voir ce qu'elle a fait d'Esther.

Victor. — Évidemment la pauvre petite est morte.

Charles. — Mais non, elle n'est pas morte. Elle a eu une crise.

Émilie. — Oui, ce ne sera rien.

LE GÉNÉRAL. — Et tenez, elle ressuscite, là, là, doucement.

THÉRÈSE. — Esther, mon petit, ma petite fille.

ESTHER. — Maman! Maman!

CHARLES. — Ah! comme tout cela est pénible!

VICTOR. — Je me demande ce que je pourrais bien dire?

CHARLES. — Mettez-lui de l'eau sur la tête.

ÉMILIE. — Et du vinaigre sur les tempes.

THÉRÈSE. — Tire la langue, ma chérie, tire la langue.

LE GÉNÉRAL. — Déboutonnez-la, déboutonnez-la, facilitez la respiration.

CHARLES. — Allons, elle se remet, elle se remet..

Entre Lili.

SCÈNE VIII

LES MÊMES, LILI.

LILI. — Oh! qu'est-il arrivé? La pauvre petite!

ÉMILIE. — Rien, rien de grave, Esther a eu une syncope.

LILI. — Vous permettez?

Elle gifle Esther à deux reprises. Esther se lève.

LILI. — Et voilà...

VICTOR. — Pauvre Esther. Pour la punir, pour la guérir, c'est toujours le même tabac.

ESTHER. — Où est la femme qui pue?

ÉMILIE. — N'aie pas peur, ma petite fille, n'aie pas peur, Victor l'a tuée.

ESTHER. — C'est vrai, Victor?

VICTOR. — Oui, ma petite Esther. Je l'ai prise par la taille, je lui ai mangé les oreilles, je l'ai jetée sur le parquet, j'ai jeté ses perles aux pourceaux, et après l'avoir fessée, je l'ai noyée dans le lavabo.

Rires.

ESTHER. — Bravo! bravo, Victor! Comme je regrette d'avoir été malade. J'aurais voulu voir cela. Surtout les oreilles... Es-tu sûr au moins qu'elle est bien morte?

VICTOR. — Je te le jure. Elle a poussé un grand cri. Elle a rendu l'âme.

ESTHER. — C'est tout ce qu'elle a rendu?

LE GÉNÉRAL. — Cette enfant est insatiable. Mais, ma petite Esther, elle ne pouvait pourtant pas nous rendre l'Alsace et la Lorraine.

Entre Antoine, très excité. Sort Lili.

SCÈNE IX

VICTOR, LE GÉNÉRAL, CHARLES, ESTHER, THÉRÈSE, ÉMILIE, ANTOINE.

ANTOINE. — Ah! vous êtes encore là. Eh bien, habillez-vous, et décanillons!

CHARLES. — Quoi?

ANTOINE. — Je ne vous parle pas. Vous êtes un salaud, une ordure, un triste sire, vous entendez. Ne me demandez pas d'explications, ou vous m'en fournirez vous-même. Crapule!

CHARLES. — Antoine!

ANTOINE. — Il n'y a pas d'Antoine. Si vous insistez je vous casserai la gueule! Vous entendez, la gueule!

CHARLES. — Mais c'est de la folie.

ANTOINE. — Oui, je suis fou, et après? *(A Thérèse.)* Allez, toi et la gosse, en route, et adieu. Adieu à tout le monde. Encore heureux que je ne vous massacre pas tous!

Il entraîne sa femme et sa fille vers la porte.
Tout le monde est atterré; mais Antoine reparaît
tout à coup, suivi de Thérèse et d'Esther.

ANTOINE, *à Charles.* — Espèce d'idiot. Il ne comprend rien à la plaisanterie. Hein? Était-ce réussi? Était-ce joué?

CHARLES. — Ah, celle-là. Eh bien, mon vieux. Ah, non, par exemple!

ANTOINE. — Non, mais, était-ce joué? Était-ce ça, hein? Allons, avouez que je vous ai flanqué une de ces frousses?

Il éclate de rire.

TOUS. — Ah, oui, je n'en reviens pas. — Mais aussi... — C'était si bien joué, etc. — Il faut s'attendre à tout. — Quelle heure est-il? — Il est tard. Vous avez bien le temps. — Il faut que je rentre. — Alors, bonsoir, bonne nuit. — Embrassez-vous. — Bonsoir, général, — Bonsoir — Bonsoir. Merci, — Merci. — Bonsoir.

ESTHER, *qui sort la dernière.* — Tu as manqué papa, une femme est venue, qui pétait, qui pétait... Victor l'a tuée... Il lui a mangé les oreilles...

Antoine, le général, Thérèse et Esther sont sortis.

SCÈNE X

VICTOR, ÉMILIE, CHARLES.

ÉMILIE. — Victor, nous avons des comptes à régler.
CHARLES. — Ah, non, assez pour ce soir! demain...
ÉMILIE. — Soit, demain, mais nous les réglerons.
VICTOR. — Bonsoir, papa. Bonsoir, maman. Bonne nuit.

Il sort.

SCÈNE XI

ÉMILIE, CHARLES.

ÉMILIE. — Nous aussi, nous avons de sérieux comptes à régler.

CHARLES. — Oui, eh bien, demain. Demain, n'est-ce pas. *(Se montant.)* Demain, ou je ne réponds plus de moi.

ÉMILIE. — Soit.

CHARLES. — Où est le *Matin?*

ÉMILIE. — Sur la cheminée.

CHARLES. — Merci.

ÉMILIE. — Alors, tu as l'intention de lire?

CHARLES. — Oui, ça t'ennuie?

ÉMILIE. — Oui.

CHARLES. — Bien, alors je lirai à haute voix.

ÉMILIE. — J'aime mieux ça. D'abord je suis nerveuse, et ça me calmera.

CHARLES. — Parfait. Je peux commencer.

ÉMILIE. — Commence [1].

CHARLES.

*PEARY RACONTE SON ARRIVÉE
AU POLE ET LANCE UN DÉFI
INJURIEUX A COOK*

TRENTE HEURES AU 90ᵉ DEGRÉ

Peary s'y est promené, y a pris
des instantanés et fait des
observations; mais il
n'y a pas dormi

[1]. Toute cette scène sera écourtée au théâtre, et le journal devra être parcouru rapidement. Le feuilleton seul sera lu distinctement. *(N.D.L.A.)*

ÉMILIE. — Je m'en moque.

CHARLES. — Bon, alors autre chose...

SOMMER PASSE
une revue en aéroplane

Heu... heu... je te lirai l'essentiel. Ah!

> *Au moment du défilé, je reprends mon vol; je passe au-dessus de la ligne des troupes et, poussé par un bon vent, je file en descendant au-dessus de la campagne très accidentée. J'essuie un fort coup de vent au-dessus des bâtiments des salines. Je suis à 50 mètres et ma vitesse est foudroyante. Je fais bien du 80 à l'heure. Mon moteur est merveilleux de régularité.*

ÉMILIE. — Assez.

CHARLES. — Bien. Ah, ça c'est rigolo!

Pas de Polka

Pour avoir raté la Polka des Bébés le commandant de Cayenne faillit être révoqué

Singulière histoire du bagne

ÉMILIE. — C'est passionnant.

CHARLES. — Enfin, que veux-tu, moi je n'y suis pour rien. Je ne suis pas journaliste. Ah, ceci t'intéresse.

Stéphane **LAUZANNE**, Rédacteur

PROTÉGEONS CELLES
qui doivent être mères !

Partout, en France, les statisticiens dénoncent le péril de la dépopulation, et les hygiénistes leur répondent en disant : « Protégeons l'enfance! » Ne serait-il pas aussi juste et aussi sûr de proclamer : « Protégeons celles qui doivent être mères! »

Si le public est aujourd'hui bien mis en garde contre les ravages sociaux de « l'avarie », il est certainement moins prévenu contre une autre maladie infectieuse, « la petite avarie », qui s'en distingue complètement. Plus répandue,

ÉMILIE. — Oh, non, non, non! je n'ai pas ces maladies honteuses, tu es dégoûtant, à la fin.

CHARLES. — Passons, passons, mais ne te mets pas en colère, je t'en supplie, pas avant demain. Ah! on a arrêté l'anarchiste Ferrer.

ÉMILIE. — Tant mieux. Enfin, lis-moi un crime. Y a-t-il un crime, il y a bien un crime?

CHARLES. — Non, il n'y a pas de crime. Et puis je ne lirai pas de crimes. Tu les liras seule.

ÉMILIE. — Bon, je me retiens... Je me retiens... Tu remarques que je me retiens, n'est-ce pas?

CHARLES. — Et je t'en suis très reconnaissant. Au fait, et le feuilleton; j'allais oublier le feuilleton. « Une grande dame. »

Pendant qu'il lit, la scène décrite par le romancier se réalise entre Charles et la mystérieuse visiteuse. Émilie sanglotera jusqu'à la fin.

SCÈNE XII

LES MÊMES, *puis* LA GRANDE DAME.

FEUILLETON DU « MATIN »
DU 12 SEPTEMBRE 1909

30

Les Hommes
de l'Air

Roman de Sport et d'Amour

PAR

Hugues LE ROUX

TROISIÈME PARTIE

Un secret d'État

IV

UNE TRÈS GRANDE DAME

Ledit verrou poussé sur la chambre de Le Briquire, l'heureux Boule vola plus qu'il ne marcha vers la porte que heurtaient toujours des doigts légers. Et la vision qui lui apparut le laissa les yeux écarquillés.

La grande dame n'avait pas un album de pensées sous le bras, mais un minuscule petit loup de velours noir sur les yeux et, sur les épaules, un peignoir qu'elle laissa s'entr'ouvrir, au moment où elle entrait dans la chambre, de façon à découvrir la naissance d'une gorge capiteuse.

De la sorte, l'homme fort, décidément transporté, eut tout à la fois le spectacle d'un bras rond et nu qui sortait du peignoir pour repousser la porte entre-bâillée, d'une chevelure d'or qui se tordait à la nuque de la grande dame comme un bouquet d'épis, et d'une pudeur plus délicieuse que toutes les provocations, puisqu'elle poussa cette belle personne à se jeter contre la poitrine de l'athlète comme une gazelle poursuivie qui s'enfonce dans un taillis.

RIDEAU.

ACTE III

La chambre à coucher.

Au lever du rideau la scène est vide. Entre Charles, le *Matin* à la main. Aussitôt entré, il jette rageusement le journal, et s'étend tout habillé sur le lit.

SCÈNE I

CHARLES, *puis* ÉMILIE.

CHARLES PAUMELLE, *allongé.* — Quelle vie! Ricane, ricane, imbécile! Ah ce soir, j'en ai bu une fière gorgée! Quels lapins! Quels singes! Quel miracle! Petit, petit..., petit... *(Il imite le bruit des pets et éclate de rire.)* Ah, non! *(Déclamant.)* Ida Mortemart, croupissant comme la mer Morte. Ah! les bulles... et ça crève! Ida, dada, Ida, dada, Morte? Mortemart? J'en ai marre, marre, marre, marre...

> *Entre Émilie Paumelle un mouchoir à la main, les yeux rouges.*

ÉMILIE. — Quoi?
CHARLES. — Quoi?
ÉMILIE. — Rien.
CHARLES. — Rien.

> *Un temps. Charles saute du lit et se met à chanter en dansant autour de sa femme.*

CHARLES.
> Viens poupoule,
> Viens poupoule, viens...

Il essaie de l'embrasser.

ÉMILIE. — Ah, non! pas ce soir.
CHARLES. — Zut! Je m'en fiche.
ÉMILIE. — Quel homme!

Charles se recouche sur son lit.

ÉMILIE, *qui commence à se déshabiller.* — Tu as l'intention de passer la nuit?
CHARLES. — Oui, je vais travailler.
ÉMILIE. — Travailler? Et à quoi, mon Dieu!
CHARLES. — Je vais faire de la menuiserie.

Émilie hausse les épaules et continue à se déshabiller. Elle passe derrière le paravent.

ÉMILIE, *invisible.* — Je t'en supplie. Couche-toi, Charles.
CHARLES. — Je suis couché.
ÉMILIE. — Déshabille-toi, voyons. N'es-tu pas fatigué?
CHARLES. — Il faut que je travaille.
ÉMILIE. — Couché?
CHARLES. — Je vais faire de la menuiserie.

Il se lève et sort. Émilie est toujours derrière le paravent et sanglote. Charles rentre avec une boîte à outils. Il l'ouvre, en tire un marteau, des clous, un rabot, une scie, etc. Il se met à raboter le bois du lit.

ÉMILIE, *apparaît en toilette de nuit.* — Charles! Es-tu devenu complètement fou? Tu rabotes ce lit, à présent.
CHARLES. — Oui, je rabote ce lit.
ÉMILIE. — Il est fou! Il est complètement fou!

Elle se jette sur l'autre lit et éclate en sanglots. Charles, après avoir enlevé son veston, continue son travail consciencieusement, en chantant. Il emploie tantôt la scie, tantôt le marteau et les clous, mais toujours avec une irritante lenteur.

CHARLES.

> Frappe, frappe, pour la défense
> De ton pipi, de ton papa.
> Il faut son épée à la France,
> Il faut son fusil au soldat !

Soudain la mère se dresse et bondit comme un chat sur le dos de Charles. Charles d'un coup d'épaule s'en débarrasse. Émilie tombe, ramasse un marteau, et se rue sur Charles le bras levé. Charles la maîtrise, lui arrache le marteau des mains et la porte sur le lit. Puis, minutieusement, il range les outils dans la boîte.

CHARLES. — Là, assez travaillé pour ce soir. Demain je réparerai l'armoire à glace. *(S'approchant d'Émilie.)* Il me semble que tu as essayé de me tuer, tout à l'heure ?

ÉMILIE. — Je ne sais pas.

CHARLES. — Tu es toute excusée, Émilie. Mais ne recommence pas, sinon je me verrai dans la pénible obligation de te faire engendrer un nouveau petit Victor.

ÉMILIE. — Victor ! *(Elle sanglote.)* Ne me parle pas de Victor. Non, Charles, pas ce soir, tu l'as dit toi-même, pas ce soir ! Je t'en supplie ! Je suis si fatiguée, si triste, je ne sais plus où nous sommes, ce que tu fais, ce que je fais...

CHARLES. — Est-ce la faute de Victor ?

ÉMILIE. — Je ne sais pas.

CHARLES. — Est-ce la mienne ?

ÉMILIE. — C'est la mienne, Charles. Je jure que c'est la mienne. Mais, pour l'amour du Ciel, dormons !

CHARLES. — Facile à dire.

Pendant toute la scène, Charles s'est déshabillé, et s'est mis en pyjama. Émilie s'est couchée. Charles va l'embrasser.

CHARLES. — Bonne nuit, Émilie, fais de bons rêves.

ÉMILIE. — Bonne nuit, Charles. Pardonne-moi. Et jure-moi de ne plus parler de toute la nuit.

CHARLES, *avec emphase*. — Je te demande pardon.

> *Charles se couche et éteint la lumière. Un long silence.*

ÉMILIE, *appelant*. — Charles!

CHARLES. — Quoi?

ÉMILIE. — As-tu fermé la porte.

CHARLES. — Oui.

> *Tout à coup la bonne entre, un bougeoir à la main.*

SCÈNE II

LES MÊMES, LILI.

LILI. — Madame a sonné?

ÉMILIE. — Je ne crois pas.

LILI. — Je croyais que Madame avait sonné... Madame et Monsieur n'ont besoin de rien?

CHARLES. — Avez-vous fermé la porte?

LILI. — Quelle porte?

CHARLES. — Allez vous coucher, vous êtes trop bête.

LILI. — Madame ne devrait pas laisser Monsieur me parler ainsi.

ÉMILIE. — Allez vous coucher.

LILI. — Quelle maison!

CHARLES. — Vous dites?

LILI. — Je dis que la porte est fermée, mais je ne sais pas laquelle.

> *Elle sort.*

SCÈNE III

CHARLES, ÉMILIE.

ÉMILIE. — Elle aussi!

> *Un long silence. Tous deux semblent s'être endormis.*

CHARLES, *se levant.* — Moi, c'est bien simple, je ne peux pas dormir.

> *Il se rhabille en parlant seul et en s'échauffant jusqu'à la fin, où il éclate.*

CHARLES, *il hurle en détachant les syllabes.* — JE NE PEUX PAS DORMIR. Je ne peux pas... Je ne peux pas... Je ne peux pas DORMIR. Dormir? Je ne peux pas. Je ne peux pas. Je ne peux pas.

> *Se parlant à lui-même.*

Assez.

> *Se répondant.*

Soit. Assez. Mais je ne peux pas dormir.

ÉMILIE. — As-tu fini, Charles?

CHARLES. — Bidet, réponds à madame, moi j'ai juré de ne pas lui parler durant toute la nuit.

ÉMILIE. — Ah, c'est ainsi. Eh bien, moi aussi, je vais parler, je vais crier.

> *Elle crie de toutes ses forces.*

> Je vous salue Marie, pleine de grâce
> Le Seigneur est avec vous, etc.

> *Soudain, elle s'interrompt et retombe sur l'oreiller en pleurant bruyamment.*

CHARLES. — Pleure, Émilie, ça soulage. Pleure, pleure.

> *Il s'approche d'elle, lui caresse les cheveux, et lorsqu'elle est calmée, lui dit brusquement.*

CHARLES. — Eh bien, oui, Thérèse est ma maîtresse.

ÉMILIE, *d'une voix lointaine.* — Je le sais. Je le savais.

CHARLES. — Antoine est cocu.

ÉMILIE. — Moi aussi.

CHARLES. — Je vais te raconter.

ÉMILIE, *s'asseyant sur le bord du lit.* — Je t'écoute.

CHARLES, *déconcerté.* — Tu ne me crois pas?

ÉMILIE. — Non.

CHARLES. — Tu ne veux pas croire que Thérèse
est ma maîtresse?

ÉMILIE. — Mais si.

CHARLES. — Alors, pourquoi veux-tu m'écouter?

ÉMILIE. — Pour me distraire. Je suis si triste, ce soir.
Si triste.

CHARLES. — Elle est stupide.

ÉMILIE. — Mais, puisque tu as raison.

CHARLES. — Raison. Ai-je raison? Ah, tu parles
de ma raison, tu veux parler de ma raison. J'oubliais.
C'est vrai. Antoine est fou. Moi j'ai ma raison. J'ai
raison. Tu es fine.

ÉMILIE. — Et attentive. Je t'écoute.

On frappe à la porte.

CHARLES. — Qui est là?

VICTOR, *derrière la porte.* — C'est moi, Victor!

CHARLES. — Que veux-tu?

VICTOR. — Je veux entrer.

CHARLES. — Eh bien, entre!

Entre Victor.

SCÈNE IV

CHARLES, ÉMILIE, VICTOR.

VICTOR. — Je viens parce que je ne peux pas dormir.

CHARLES. — Quoi?

VICTOR. — Je viens parce que je ne peux pas dormir. Et je ne peux pas dormir, premièrement parce que je suis malade, et deuxièmement parce que vous faites trop de bruit.

ÉMILIE. — Tu es malade?

VICTOR. — ... et parce que vous faites trop de bruit.

CHARLES. — Nous faisons le bruit qu'il nous plaît de faire.

VICTOR. — Et je suis malade.

CHARLES. — Où as-tu mal?

VICTOR, *montrant son ventre.* — Là.

ÉMILIE. — Tu as mal au ventre?

CHARLES. — Qu'il aille au cabinet, s'il a mal au ventre.

EMILIE. — On peut avoir mal au ventre, sans avoir besoin de faire caca.

CHARLES. — Passe à la cuisine, bois un verre d'eau, couche-toi sur le dos, et respire longuement, ça passera. Bonsoir. Allez, viens nous embrasser, et au lit!

Victor ne bouge pas.

CHARLES. — As-tu entendu?

VICTOR. — J'ai très mal au ventre, ne faites pas trop de bruit, parce que vous m'empêchez de dormir, et je n'ai pas sommeil. Alors je m'ennuie et puis, j'ai peur que vous finissiez par vous tuer, à force de remuer les meubles. Quelquefois on croit tirer dans une glace, et voilà que c'est par la porte vitrée. Et comme ici les fenêtres sont à niveau d'homme, et avec votre sacrée manie de mettre le revolver à côté du pot de chambre. Le ciel de lit pourrait bien se détacher un jour; ceci dit pour ne pas en dire davantage. Et l'enfance est toujours coupable de nos jours. La Sainte-Enfance!

Il sort le doigt levé.

SCÈNE V

CHARLES, ÉMILIE.

CHARLES. — Ma parole, mais c'est de la provocation au meurtre. Il veut absolument que... au fait, que veut-il?

ÉMILIE. — Dormir. Tu l'as entendu; il a dit qu'il voulait dormir.

CHARLES. — Émilie, écoute! Raisonnons froidement. Soyons calmes. Mesurons une fois pour toutes la portée de nos actes. Pesons exactement le sens des mots et, si tu le veux, si nous le pouvons, recueillons-nous quelques instants.

> *Un long silence.*

ÉMILIE. — Eh bien?

CHARLES. — Eh bien, si nous ne dormons pas, j'ai l'impression que, ce soir, il va arriver un malheur. Que je vais te tuer, que tu vas me tuer. Je ne sais pas. Enfin, je sens la mort. Je la sens. Elle est là. Là, à portée de la main.

> *Il tourne autour de la chambre en s'échauffant de plus en plus.*

Je la sens, tiens, comme la sueur qui me couvre les mains.

> *Il prend un flacon d'eau de Cologne et le brise.*

ÉMILIE, *essayant de plaisanter.* — Elle sent l'eau de Cologne, ta mort.

CHARLES. — Ah non, ne plaisante pas, Émilie, ne plaisante pas — ou...

> *Il ouvre le tiroir de la table de nuit, prend le revolver, met en joue sa femme puis ouvre brusquement la fenêtre et jette l'arme dans le jardin.*

ÉMILIE. — Veux-tu que je descende le chercher?

CHARLES, *la tête dans les mains.* — C'est Victor! C'est Victor! C'est Victor!

> *Tout à coup on entend une détonation au dehors.*

ÉMILIE. — As-tu entendu?

CHARLES. — Qu'est-ce que c'est?

> *Il ouvre la fenêtre.*

CHARLES, *à la fenêtre.* — Qu'est-ce qu'il y a? Qui êtes-vous? Que voulez-vous?

UNE VOIX, *au dehors.* — C'est un pneu, monsieur, un pneu qui vient d'éclater.

CHARLES, *referme la fenêtre, calmement.* — C'est un pneu!

> *Long silence.*

CHARLES. — Écoute encore, Thérèse... C'est Victor! C'est sa faute. Mais il y avait Antoine, comprends-moi... C'est encore Victor! Le général, cette ganache... rien sans Victor. Et la bonne, c'est sûrement Victor! Esther, le cher ange... Ah! Victor! Mais surtout Ida. Ida Mortemart. Rappelle-toi... Victor! Et nous, nous, j'ai compris. Victor! Victor! Toujours Victor!

> *On frappe.*

ÉMILIE. — Qui est là?

VICTOR, *derrière la porte.* — C'est Victor! Je suis malade et je ne peux pas dormir.

CHARLES, *ouvrant la porte et sortant.* — Attends, je vais te faire dormir.

> *Bruit de coups, cris et exclamations du père à chaque coup : C'est Victor... C'est Victor...*

ÉMILIE, *au père qui reparaît.* — Qu'as-tu fait, Charles?

CHARLES. — Je l'ai fessé, nom de Dieu! Fessé jusqu'au sang. Ah! c'est Victor! Eh bien soit; c'est Victor!

> *Silence.*

ÉMILIE. — Et après?

CHARLES. — Et après?

Charles éclate en sanglots.

ÉMILIE. — Non, Charles! Non, pas toi! ne pleure pas, Charles! Charles! Mon petit Charles! C'est moi, Émilie, ta femme, la seule, celle qui... Enfin... Il n'y a pas si longtemps que tu voulais me tuer, que je voulais te tuer, que tu voulais toi-même te tuer! Quel est ce vent, Jésus!

CHARLES, *hors de lui*. — C'est un vent puant, comme la gueule du général, comme le cul d'Ida Mortemart, comme la fumée des drapeaux de Bazaine! C'est un vent de folie... eeeeee.

ÉMILIE. — C'est un vent de folie! C'est vrai! Mais je voudrais tant dormir!

CHARLES. — Où est la bouteille de laudanum?

ÉMILIE. — Que veux-tu faire?

CHARLES. — Dormir.

ÉMILIE. — Tu veux t'empoisonner, maintenant?

CHARLES. — Non quelques gouttes dans un verre d'eau, l'opium nous assommera. Assommons-nous.

ÉMILIE. — La fiole est dans le placard, sur la deuxième planchette à droite, à côté de la liqueur Labarraque.

Charles verse quelques gouttes de laudanum dans un verre qu'il remplit d'eau.

CHARLES. — Bois-en le tiers, et donne-moi le reste.

ÉMILIE. — Tu es sûr, au moins...

CHARLES. — Bois et donne.

Elle boit en hésitant, et tend le verre à Charles qui l'avale d'un trait.

CHARLES. — Et maintenant, au plumard.

Ils se couchent. La lumière s'éteint brusquement, puis se rallume très lentement. Pendant tout le monologue du père, on entend Victor crier et gémir.

CHARLES, *couché*. — Émilie, nous sommes très calmes, maintenant. Nous allons dormir enfin, mais aucune drogue, aucune puissance au monde... Que d'étoiles!

Cris...

Ne pourrait m'empêcher de te dire, le visage horizontal, de me confesser enfin, en quelques mots... Elle est si belle...

Gémissements...

Grâce encore, Émilie. Tout en prenant le thé, la main suspendue sur le sucre, il y a trois ans, que j'aime Thérèse. Trois ans déjà. Avec un pied comme cinq feuilles de fraisier, elle va escalader le lit.

Cris...

C'est à l'Hôtel de l'Europe. Je lui disais, avant que l'autre jambe ne monte « reste ainsi ».

Cris.

Oh! exactement comme ma moustache, mais verticale entre ses cuisses, et je me caressais le sourcil gauche, ou le sourcil droit, pendant que ses yeux riaient sous son aisselle.

Gémissements.

Je ne t'ennuie pas, au moins?

ÉMILIE. — Pas du tout, mon chéri! Thérèse dut être bien heureuse.

CHARLES. — N'est-ce pas?

ÉMILIE. — Oui, et tu racontes si bien! C'est comme si j'y étais. Encore.

Cris très prolongés.

CHARLES. — Tu es une sainte femme, Émilie!

ÉMILIE. — Et Thérèse?

CHARLES. — Oh, Thérèse, c'est une grivette, un clisson, un poularic, une vinoseille, un marisignan, un pirosthète, je l'appelle mon rivarsort, ma vachinose, ma gruesaille. Thérèse, c'est une vache, mais une vache comme il n'y a pas de fleurs.

ÉMILIE. — Et moi?

CHARLES. — Choisis.

ÉMILIE. — Je suis ta femme.

Entre Victor.

SCÈNE VI

CHARLES, ÉMILIE, VICTOR.

VICTOR. — Et moi, je suis ton fils.

CHARLES. — C'est vrai, Émilie, tu es ma femme, et Victor est mon fils. Que je suis malheureux!

Il sort en chemise.

SCÈNE VII

ÉMILIE, VICTOR.

ÉMILIE. — Va te coucher, Victor!

VICTOR. — Je suis malade.

ÉMILIE. — Va te coucher, mon enfant.

VICTOR. — Je souffre.

ÉMILIE. — Tu as besoin de repos, va, Totor!

VICTOR. — Good night, mother.

Victor sort en se tenant le ventre.

SCÈNE VIII

ÉMILIE.

ÉMILIE, *à la fenêtre.* — Charles! Charles! Où est-il? Charles! Rentre tu vas prendre froid! Il va s'enrhu-

mer! Charles, pour l'amour du Ciel, rentre! Ce n'est
pas la peine de te cacher! Je t'ai vu. Rentre!

Voix de Charles. — Non.

Émilie. — Viens te coucher, Charles! Cesse cette
comédie.

Voix de Charles. — Tu m'embêtes.

Émilie. — Ah, c'est ainsi.

> *Elle ferme la fenêtre et se couche.*
>
> *On voit qu'elle ne parvient pas à se calmer, elle
> se tourne tantôt à droite, tantôt à gauche. Soudain,
> elle saute du lit, met un kimono et sort par la
> gauche.*
>
> *La scène reste vide quelques instants.*
>
> *Pendant la courte absence d'Émilie, Esther entre
> par la porte vitrée du fond qui donne sur le jardin;
> elle traverse la scène en silence, et pénètre par la
> droite dans la chambre de Victor.*
>
> *Peu après Émilie et Charles rentrent dans leur
> chambre.*

SCÈNE IX

CHARLES, ÉMILIE.

CHARLES, *entrant le premier.* — Ce laudanum ne nous
aura donné que la colique.

ÉMILIE. — Tu pouvais aller au vatère. En voilà
des idées d'aller faire dans le jardin.

CHARLES. — Ce n'est pas des idées, c'est une idée.
Comme celle de me confesser tout à l'heure.

ÉMILIE, *le giflant à tour de bras.* — Tiens! Tiens!
Cochon! Immonde porc! Attrape! Et ça encore! Et
celui-là! Et maintenant, te couches-tu. Dis? Te cou-
cheras-tu?

CHARLES, *après les coups.* — Je ne me défends pas.

Je ne me défends plus. Tu as raison, je suis un dégoûtant, un être infâme et sans scrupules. Je croyais t'avoir
demandé pardon. Non? Eh bien, je te demande pardon!

ÉMILIE. — Je te l'accorde. Mais l'Avenir te con-
fondra!

CHARLES. — L'avenir? j'ai le pressentiment que
l'avenir prend en effet tournure.

ÉMILIE. — Quoi?

CHARLES. — Oh, ce n'est qu'un pressentiment...

ÉMILIE. — Explique-toi!

CHARLES. — Nous sommes perdus.

ÉMILIE. — Perdus?

CHARLES. — Oui, perdus, corps, biens, âme. Il n'y
a plus rien qui tienne dans cette maison. J'ai peur.

ÉMILIE. — Peur de quoi.

CHARLES. — J'ai peur.

> *Un temps.*

J'ai peur de ne pas être à la hauteur.

ÉMILIE. — A la hauteur! Peut-on imaginer pareille
bassesse!

CHARLES. — Dormir! Est-ce trop demander?

> *On sonne. Charles et Émilie se regardent. On
> sonne avec insistance.*

LILI, *à la cantonade.* — Madame, on sonne, je crois.

CHARLES. — Ah! vous croyez?

LILI. — Je suis sûre qu'on sonne. Faut-il ouvrir?

CHARLES. — Évidemment. Qui peut venir à cette
heure?

ÉMILIE. — Quelle heure est-il?

CHARLES. — Dimanche. *(Criant.)* Lili, avez-vous
ouvert?

LILI. — Oui, monsieur, c'est Mme Magneau.

CHARLES. — C'est Thérèse.

> *Thérèse pénètre affolée dans la chambre.*

SCÈNE X

CHARLES, ÉMILIE, THÉRÈSE.

THÉRÈSE MAGNEAU. — Esther! Où est Esther?

CHARLES. — Esther?

THÉRÈSE. — Oui, elle a quitté la maison en disant : je veux aller chez Victor. Victor sera mon papa, mon petit père.

CHARLES. — C'est idiot.

THÉRÈSE. — C'est stupide, en effet! Ah! quelle soirée. Où est Esther?

ÉMILIE. — Mais nous ne l'avons pas vue, ma pauvre amie. Si nous l'avions vue, nous vous le dirions. Je vous assure qu'elle n'est pas ici.

THÉRÈSE. — Elle n'est pas ici? *(Méfiante.)* Vous ne vous vengeriez pas sur elle, au moins? Hein? Vous ne me tueriez pas ma fille!

ÉMILIE. — Tuer votre fille? Et pourquoi faire, mon Dieu! N'avons-nous pas assez à tuer dans notre propre famille.

CHARLES. — Quoi?

THÉRÈSE. — Que dites-vous?

ÉMILIE. — Vous l'apprendrez bientôt, Thérèse! Dieu veuille que ce ne soit pas à vos dépens.

THÉRÈSE. — Ma fille est ici! Vous entendez? J'en suis aussi sûre que je m'appelle Thérèse.

CHARLES. — Mais, Thérèse, soyez raisonnable... Comment serait-elle entrée?

ÉMILIE. — Sortez!

CHARLES. — Sortez, et revenez demain. Il y a trêve cette nuit. Demain nous réglerons tout cela.

THÉRÈSE. — Mais si je veux ma fille, moi.

ÉMILIE. — Je ne l'ai pas dans ma poche, votre fille, à la fin. Voulez-vous mon fils?

CHARLES. — Ne vous entêtez pas, Thérèse. Rentrez chez vous! Ma parole d'honneur, Esther n'est pas venue.

THÉRÈSE, *à Émilie.* — Vous la cachez quelque part! Vous avez voulu me l'étouffer dans le coffre à charbon, tout à l'heure, pour vous venger parce que je vous ai pris votre mari. Eh bien, oui, je vous l'ai pris, à votre barbe, et vous aussi, je vous aurais prise, si j'avais été un homme, et j'aurais même été capable de vous faire un enfant.

ÉMILIE. — Elle m'aurait fait un enfant!

CHARLES. — Ce n'est pas gentil, Thérèse, ce que vous dites là. Je ne vous en ai pas fait, moi.

THÉRÈSE. — Pardon! pardon, Émilie!

ÉMILIE. — Moi, je ne vous pardonne rien, entendez-vous? rien!

CHARLES. — Rentrez chez vous, allez rejoindre Antoine.

THÉRÈSE. — Ah! ah! ah! *(Elle rit nerveusement.)* Antoine! c'est lui qui m'a chassée. C'est lui le maboul. Antoine! Il est sur le balcon en chemise. Par le flanc gauche! Par le flanc droit! En avant, mort aux Pruscos! Esther s'est enfuie en hurlant. Elle réclamait Victor. Je l'ai cherchée par tout le quartier. Pourquoi ne serait-elle pas ici. Charles, tu ne vas pas me la saigner!

Elle crie.

Au meurtre! Au meurtre!

> *Charles lui met la main sur la bouche. On entend du bruit aux étages, des appels : Qu'y a-t-il? On s'égorge chez les Paumelle... Sonnerie à la porte.*

SCÈNE XI

LES MÊMES, LILI.

LILI, *entrant.* — Hein? C'était bien la peine de me dire de fermer la porte, toute la maison est aux fenêtres! La maison du crime! Et taisez-vous! ou je m'en vais, moi.

Elle sort.

SCÈNE XII

CHARLES, ÉMILIE, THÉRÈSE.

UNE VOIX. — Qu'est-ce que c'est?

LILI, *dans la coulisse.* — Ce n'est rien, c'est Madame qui accouche.

UNE VOIX. — Est-ce un garçon?

UNE AUTRE VOIX. — Est-ce une fille?

LILI, *même jeu.* — C'est un bâtard!

> *On entend des rires qui vont en décroissant, puis les fenêtres qui se referment. Les personnages pendant tout ce qui précède restent figés. La porte de droite s'ouvre. Entre Victor, menant Esther par la main. Esther se cache les yeux.*

SCÈNE XIII

LES MÊMES, VICTOR, ESTHER.

THÉRÈSE. — Esther! Esther! Ma petite fille! *(A Émilie.)* Hein? vous la séquestriez?

ÉMILIE, *hausse les épaules, puis à Esther.* — Comment es-tu entrée, mon bébé?

ESTHER. — Par le jardin.

ÉMILIE. — Pourquoi es-tu venue?

ESTHER. — Je voulais voir Victor.

VICTOR. — Elle venait me voir.

CHARLES. — Pourquoi? Que t'a-t-elle dit?

VICTOR. — Rien. Elle s'est couchée sur la descente de lit.

CHARLES. — Elle n'a rien dit du tout?

VICTOR, *à Esther.* — As-tu dit quelque chose?

ESTHER. — Oui. J'ai dit : bonsoir Victor.

CHARLES. — Et puis?

VICTOR. — Elle s'est endormie, et vous me l'avez réveillée *(A Thérèse.)* Vous la voulez? Reprenez-la. J'ai trop mal au ventre.

Un long silence.

ÉMILIE, *en extase.* — Oh! Dieu soit loué! J'ai compris, c'est le Ciel qui nous l'a envoyée. C'est Dieu! Je démêle dans cette apparence de fugue une miraculeuse intervention de la divine Providence! A genoux, mes enfants! A genoux, Charles! A genoux, Thérèse! Et remercions le Seigneur dont les desseins ne sont pas tout à fait impénétrables! Nous voici réunis par la plus touchante des invraisemblances. Vous, la femme adultère, ne vous récriez pas! Toi, le père indigne! moi, la mère infortunée! vous, mes enfants, témoins inévitables et porteurs de la rédemption!

THÉRÈSE. — J'ai compris! C'est vrai! C'est juste! C'est miraculeux! Gloire au Seigneur!

CHARLES. — C'est épatant, moi aussi je comprends! Jésus! Jésus!

ESTHER. — Épatant! Épatant!

VICTOR. — Ouh! que j'ai mal au ventre! Ouh! que j'ai mal au ventre!

ÉMILIE. — Relevez-vous, tous! relevez-vous! Don-

nez-moi votre main, Thérèse. Placez-la sur la tête
d'Esther. Donne-moi ta vilaine main de libertin,
Charles, et place-la sur les cheveux de Victor, et priez,
priez maintenant. Faites le serment solennel de renoncer à vos relations coupables.

CHARLES. — Je jure de ne plus coucher avec vous,
Thérèse, de ne plus te tromper, Émilie, et d'être le
modèle des époux.

THÉRÈSE. — Je jure sur ta tête, Esther, de renoncer
à ma funeste passion pour Charles, et de soigner Antoine jusqu'à la mort.

ÉMILIE. — Merci. Merci.

Elle pleurniche, et tous s'embrassent deux à deux.

VICTOR. — C'est fini? Hou la la, que j'ai mal au
ventre! Hou la la, que j'ai mal au ventre!

CHARLES. — Ça ne va pas mieux, Victor?

VICTOR. — Là, c'est l'intestin grêle. C'est l'intestin
grêle!

On sonne.

CHARLES. — Encore! Mais on ne fait que sonner.
Je vais l'arracher cette sonnette à la fin.

ÉMILIE. — Qui est là?

Lili entrant.

SCÈNE XIV

LES MÊMES, LILI, *puis* MARIA.

LILI. — C'est Maria.

THÉRÈSE. — Ma bonne! *(A Lili.)* Que me veut-
elle?

LILI. — Elle veut... Entrez, Maria.

MARIA. — Madame, je vous apporte mon tablier,
et cette lettre. Il n'y a pas de réponse. Bonsoir la so-
ciété.

Elle sort.

SCÈNE XV

Charles, Émilie, Thérèse, Victor, Esther.

Thérèse, *après avoir lu, s'effondrant.* — Ah!
Charles, *s'empressant.* — Thérèse, qu'avez-vous?
Thérèse. — Antoine, le maboul, il s'est pendu!
Tous. — Oh! — Quoi? — Hein?
Thérèse. — Il s'est pendu, en chemise, au balcon.
Charles. — Non.
Thérèse. — Lisez vous-même.

    Elle tend la lettre à Charles, qui la lit. — Un long silence.

Thérèse. — Lisez Charles, lisez à haute voix.

    Pendant la lecture Thérèse est convulsée de sanglots et de rires.

Charles, *lisant.* — « *Adieu, Thété. Je me balance. Le bâton de la toile cirée avec lequel tu faisais à l'occasion de si beaux gâteaux en pâte, je l'ai planté au porte-drapeau du balcon, après avoir noué à son extrémité la cordelière verte des doubles rideaux du salon. J'ai passé ma tête dans le nœud coulant extrême. Et maintenant je me balance. Je flotte au vent, car je suis le drapeau. Je suis le drapeau, parce que sous ma chemise de nuit on ne sera pas surpris de me trouver revêtu du dolman bleu et de la culotte rouge des dragons de l'empereur. Je vais placer un dernier rouleau sur le cylindre du phonographe et mourir aux accents de* Sambre et Meuse. *Ma dernière volonté est qu'en rentrant à la maison tu brises le rouleau, avant même de me dépendre, et qu'on recherche pour Victor, entre les pavés de la place du Panthéon, la mandragore de ma dernière jouissance. Adieu Thété, adieu Thérèse.* »

                                   Antoine.

P.-S. — « *Au fait, n'oublie pas de prier Charles de con-*

soler sa fille; A père cocu, fille adultérine. Tant mieux, ça coupera la race. »

Un grand silence accablé.

Esther. — Qu'est-ce que ça veut dire cocu?

Pas de réponse.

Esther. — Qu'est-ce que ça veut dire cocu?

Thérèse. — Un cocu c'est un oiseau.

Émilie, *pleurant.* — Oh! assez, assez, assez!

Thérèse, *se tordant les bras.* — Trop, trop, beaucoup trop. Cela dépasse les bornes. La mesure est comble.

Victor. — N'en jetez plus, la cour est pleine.

Il sort en se tenant le ventre.

SCÈNE XVI

Les mêmes, *moins* Victor.

Esther, *récitant.*

> Au foyer qui frissonne?
> Qui reviendra? personne!
> Pauvre petit oiseau!
> Pauvre petit cocu...

Émilie. — Charles, tu vas reconduire Thérèse et Esther chez elles, et les aider à remplir toutes les formalités.

Thérèse. — Non, Charles, je m'arrangerai bien toute seule, ne venez pas.

Charles. — Voyons, Thérèse, devant la mort... Ah tu es une sainte, tu es une sainte femme Émilie!

Émilie. — Allez, et j'espère, vous voyez que je suis franche, que je ne vous cache rien de mes pensées, j'espère que vous n'aurez pas le front de me tromper ce soir.

THÉRÈSE. — Oh! Émilie! Êtes-vous folle? Vous tromper ce soir! D'ailleurs nous avons juré. Nous avons juré et vous avez pardonné.

ÉMILIE. — Il n'y a pas de situation assez terrible.

CHARLES, *faiblement.* — Rassure-toi, rassure-toi.

> *On entend un grand cri.*

CHARLES. — Qu'est-ce que c'est?

ÉMILIE, *sortant et criant.* — Victor! Victor!

> *Un long silence. Émilie reparaît en portant Victor évanoui dans ses bras.*

SCÈNE XVII

LES MÊMES, VICTOR.

ÉMILIE. — Oh! c'est la fin de tout. Je l'ai trouvé évanoui dans le couloir. Partez! Charles reconduit vite Thérèse et Esther, et ramène le docteur.

> *Charles, Thérèse et Esther sortent précipitamment. On a couché Victor sur le lit. Émilie sanglote à son chevet.*

SCÈNE XVIII

ÉMILIE, VICTOR.

ÉMILIE. — Victor! Victor! Mon Totor bien-aimé, mon chéri! mon fils! Car toi, du moins, tu l'es mon fils. Totor, fils d'Émilie et de Charles, je t'en supplie, réponds-moi. Oh, mon Dieu! Marie, Joseph et tous les anges, déliez-lui au moins la langue, et qu'il parle, et qu'il réponde aux appels d'une mère dans la détresse. Victor! Mon Victor! Il se tait. Il est mort.

Es-tu mort? Si tu étais mort, je le sentirais. Rien n'est sensible comme les entrailles d'une mère.

Victor se retourne en gémissant.

Ah! ah! tu bouges. Tu n'es donc pas mort. Alors, pourquoi ne réponds-tu pas, dis? Tu le fais exprès, tu nous persécutes, tu veux que je me torde les bras, que je me roule à terre. C'est cela que tu veux, hein? Puisque tu remues ton grand corps il ne t'en coûterait pas plus de remuer ta petite langue. Il t'en coûterait moins. Tu ne peux pas parler? Tu ne veux pas parler? Une fois, deux fois? Victor! Une fois, deux fois, trois fois? Tiens, tête de têtu.

Elle le gifle.

VICTOR. — Si c'est pas malheureux, battre un enfant malade, un enfant qui souffre. Une mère qui gifle un enfant qui va mourir, qu'est-ce que c'est maman?

ÉMILIE. — Pardon, pardon, Victor. Je ne m'appartenais plus. Mais pourquoi aussi ne pas répondre?

VICTOR. — Qu'est-ce que c'est qu'une mère qui brutalise son fils moribond?

ÉMILIE. — Il fallait répondre, Totor, répondre mon petit.

VICTOR. — Eh bien, je réponds... qu'une mère qui fait cela, c'est un monstre.

ÉMILIE. — Pardon, Victor! Je t'ai si souvent pardonné, tu peux bien après cette soirée, après cette nuit maudite, après toute la vie, tu peux bien... Mon Totor, songe que si tu allais mourir...

VICTOR. — Tu crois que je vais mourir?

ÉMILIE. — Non, bien sûr! Je ne sais pas ce que tu as. Que peux-tu avoir? Non, ne t'inquiète pas. Mourir, mais mon petit ce n'est pas possible. Tu es si jeune!

VICTOR. — On meurt à tout âge.

ÉMILIE. — Tu ne mourras pas, je ne veux pas que tu meures, je veux seulement que tu me pardonnes.

VICTOR. — Allons, allons, bonne mère. Primo, je vais mourir, secondo, parce qu'il faut que je meure, et tertio, il faut donc que je te pardonne. Tu es pardonnée.

Il lui donne sa bénédiction. Émilie sanglote et lui baise convulsivement la main.

VICTOR. — Il est des enfants précoces, dont la précocité confine au génie. Il est des enfants géniaux.

ÉMILIE. — Quoi?

VICTOR. — ... Mais écoute! Hercule, dès le berceau, étranglait des serpents. Moi, j'ai toujours été trop grand pour qu'un tel prodige puisse vraisemblablement m'être attribué. Pascal, avec des ronds et des bâtons, retrouvait les propositions essentielles de la géométrie d'Euclide. Le petit Mozart, avec son violon et son archet, étonnera longtemps les visiteurs de la galerie de sculpture du Luxembourg. Le petit Frédéric jouait simultanément vingt parties d'échecs et les gagnait. Enfin, plus fort que tous, Jésus, dès sa naissance, était proclamé le Fils de Dieu. De tels précédents sont pour accabler le fils de Charles et d'Émilie Paumelle, lequel doit mourir à neuf ans très précis.

ÉMILIE. — Mon chéri!

VICTOR. — Très précis. Que me restait-il, je te le demande, dans le petit domaine familial tout encombré de mes prix d'excellence, que me restait-il?

ÉMILIE. — Mais, le travail, l'affection des tiens, et tu es fils unique.

VICTOR. — Tu l'as dit, il me restait d'être fils unique. Unique. Aidé par la nature, j'ai neuf ans et j'ai deux mètres, je compris dès l'âge de cinq ans, j'avais alors un mètre soixante, que je devais me destiner à l'UNIQUAT.

ÉMILIE. — A quoi?

VICTOR. — A l'Uniquat. J'ai cherché en silence, j'ai travaillé en secret, et j'ai trouvé.

ÉMILIE. — Tu as trouvé? Il délire.

VICTOR. — Oui, Euréka! j'ai trouvé les ressorts de l'Uniquat.

ÉMILIE. — Pauvre enfant! Et quels sont-ils?

VICTOR. — Les ressorts de l'Uniquat... Oh ce serait si facile si j'avais une feuille de papier et un crayon.

ÉMILIE. — Veux-tu que j'aille t'en chercher?

VICTOR. — Non, non, c'est inutile. Je n'aurais pas la force d'écrire.

ÉMILIE. — Alors?

VICTOR. — Cela ne fait rien, je vais essayer tout de même de t'expliquer. Les ressorts de l'Uniquat...

Entre le père, suivi du docteur.

SCÈNE XIX

ÉMILIE, VICTOR, CHARLES, LE DOCTEUR,
puis LILI.

VICTOR. — Ah, zut!

LE DOCTEUR. — Bon. Voilà notre malade. Eh bien, mon petit, ça ne va pas? On a bobo à son petit ventre?

VICTOR. — Oui, monsieur le docteur. J'ai bobo là. Dans le petit boyau.

LE DOCTEUR. — Allons, ça ne doit pas être bien sérieux. Madame Paumelle, donnez-moi une serviette. Avez-vous une cuillère? Oui. — Bon. Retourne-toi, mon petit, mets-toi sur le ventre. A-t-il de la température?

CHARLES. — Je ne sais pas, voyez vous-même.

Charles sort nerveusement.

LE DOCTEUR. — Nous allons voir ça.

Il prend la température rectale. — Un long silence. — Entre Charles, toujours nerrveux, suivi de la bonne.

Lili, *à mi-voix*. — Madame! Madame!

Émilie. — Chut! qu'est-ce qu'il y a?

Lili. — Écoutez.

> *Elle prend Émilie à part et lui murmure quelques mots à l'oreille.*

Émilie. — Ce n'est pas possible.

> *Charles fait quelques pas vers la porte.*

Émilie, *courant vers lui*. — Charles!

Charles. — Eh bien?

Émilie. — Où vas-tu? Viens ici.

> *Charles hésite.*

Émilie, *lui paralysant le bras*. — Donne-moi ça. Donne.

Victor, *toujours sur le ventre, et qui ne peut avoir rien vu de la scène*. — Papa, écoute maman. Je suis si malade, et la fumée me dérange. Remets-lui ta pipe, ainsi tu ne succomberas pas à la tentation.

> *Charles remet un revolver à Émilie. Tous deux semblent extrêmement étonnés.*

Victor. — Il ne faut pas trop appuyer sur le ressort de l'Uniquat.

Le docteur. — Que dit-il?

Émilie. — Il délire, docteur, il délire.

Charles. — Oui, oui, il délire.

> *Lili qui est restée immobile pendant toute la scène, disparaît.*

SCÈNE XX

Les mêmes, *moins* Lili.

Le docteur, *examinant le thermomètre*. — Ce n'est pas étonnant qu'il délire. Il a... Il a une forte fièvre.

Émilie. — Docteur, votre avis?

Le docteur. — Attendez, je vais l'ausculter. *(Il l'ausculte.)* Compte : Trente-cinq, trente-six, trente-sept...

Victor. — ... Trente-huit, trente-neuf, quarante...

L'auscultation se poursuit.

Charles. — Eh bien?

Le docteur. — Eh bien...

Victor, *hurlant.* — Hou la la, hou la la, hou la la, hou la la!

Charles et Émilie s'agenouillent auprès du lit. Enfin Victor se calme et demande :

Victor. — A quelle heure suis-je né, maman?

Émilie. — A onze heures trente du soir.

Victor. — Quelle heure est-il.

Émilie. — Il est... Quelle heure est-il Charles?

Charles. — Il est onze heures vingt-cinq.

Victor. — Eh bien, je vais te dire, ma chère maman, quels sont les ressorts de l'Uniquat. Les ressorts de l'Uniquat sont...

Charles. — Mais, enfin, docteur, de quoi meurt-il?

Le docteur. — Il meurt de...

Victor, *l'interrompant.* — Je meurs de la Mort. C'est le dernier ressort de l'Uniquat.

Le docteur. — Que veut-il dire?

Charles. — Je n'ai jamais rien compris à cet enfant.

Émilie. — Et les autres, Victor, les autres ressorts? vite, il est onze heures vingt-huit.

Victor. — Les autres.

Un temps.

Je les ai oubliés.

Il meurt.

Le docteur. — Et voilà le sort des enfants obstinés.

Le docteur sort, tandis qu'un rideau noir tombe. On entend deux coups de feu. Le rideau se relève.

Émilie et Charles sont étendus aux pieds du lit de l'enfant, séparés par un revolver fumant. Une porte s'ouvre, et la bonne paraît.

LILI. — Mais c'est un drame!

RIDEAU.

Composé et achevé d'imprimer
par l'Imprimerie Floch
à Mayenne, le 25 juillet 1990.
Dépôt légal : juillet 1990.
1er dépôt légal : novembre 1946.
Numéro d'imprimeur : 29610.
ISBN 2-07-070061-5 / Imprimé en France